DU MÊME AUTEUR

Aux Éditions Gallimard

ENCORE UNE NUIT DE MERDE DANS CETTE VILLE POURRIE

Du monde entier

NICK FLYNN

CONTES À REBOURS

récit

Traduit de l'anglais (États-Unis)
par Anne-Laure Tissut

nrf

GALLIMARD

Titre original :

THE TICKING IS THE BOMB

pour Maeve, reine des fées

Les grains s'ajoutent aux grains, un à un, et un jour, soudain, c'est un tas, un petit tas, l'impossible tas.

BECKETT
Fin de partie

télégramme fait d'ombres

(2007) Cette photographie noir et blanc que je tiens dans la main est une image de ma fille encore à naître, du moins c'est ce qu'on m'a dit. Il s'agit en fait d'une série de photographies, repliées l'une sur l'autre, en accordéon. J'étais présent quand le médecin ou technicien — peu importe sa fonction — l'a fabriquée d'un coup de sa petite baguette sonore. Assis à côté de lui, je fixais l'écran sur lequel il indiquait des points parmi les ombres : *Vous voyez son nez, sa main? Vous voyez son pied, juste là, à côté de son oreille?* J'étais présent quand chaque photo a été prise, et pourtant, d'une certaine façon, tout demeure profondément irréel. Comme si je tenais la photo d'un rêve, reposant dans le corps de la femme que j'aime — appelons-la Inez — et qui évolue désormais avec deux cœurs battant en elle.

Au même instant, ou en dehors de cet instant, en dehors de nous, là-bas, dans le monde, il existe un autre jeu de photographies. L'une représente un homme nu se faisant traîner hors de sa cellule par un soldat qui le tient en laisse. Une autre, une pyramide d'hommes recroquevillés, également nus, cagoulés. Derrière la pyramide, un soldat debout, bras croisés, le sourire aux lèvres. Sur une autre, encore, une fille aux yeux bleus, qui sourit elle aussi, levant un pouce triomphant au-dessus d'un cadavre. Il existe des centaines de ces photographies. À présent, nous les avons tous vues et tenues en main. Pourtant elles aussi ont la texture d'un rêve : une texture d'ombre, diaphane, changeante.

Les grains, qui s'amoncellent.

J'espère pouvoir un jour raconter à ma fille l'histoire de temps obscurs, les jours sombres d'avant sa naissance, au cœur desquels sa venue fut un rayon de lumière. *Pendant un moment nous nous sommes égarés,* c'est ainsi que commencera l'histoire, *mais nous avons retrouvé le chemin.*

Du moins, c'est la version que j'espère pouvoir lui raconter.

UN

comment se perdre : guide pratique

Je vais vous dire un secret : quiconque vit assez longtemps finit un jour par se perdre. Vous aussi, un jour, en vous réveillant, vous serez perdu. C'est la dure et simple réalité. Si ça ne vous est pas encore arrivé, estimez-vous heureux. Quand ça vous arrivera, un beau jour, en regardant alentour, de ne rien reconnaître, de vous trouver seul dans le noir, égaré, peut-être jugerez-vous plus facile d'accuser quelqu'un d'autre : un amant infidèle, un père absent, une enfance malheureuse. Ou alors de vous en prendre à la carte qu'on vous a donnée, tant de fois repliée, jamais mise à jour, aux caractères trop petits. Vous pouvez brandir un poing menaçant vers le ciel, accuser le *destin*, le *karma*, le *sort*, et à raison parfois. La plupart du temps, toutefois, si vous êtes honnête, vous ne pourrez vous en prendre qu'à vous-même. Bien sûr, la vie peut vous aveugler, mais le plus souvent c'est un aveuglement choisi, fruit de votre *agence* personnelle, dit-on aussi. Si vous avez de la chance, vous vous rappellerez une histoire entendue lorsque vous étiez enfant, qui donnait l'astuce de laisser des miettes de pain derrière vous, l'idée étant qu'une fois arrivé ce qui doit arriver dans ces bois, vous pourrez revenir sur vos pas, retrouver le chemin de la sortie. Mais nul n'a dit que vous ne seriez pas changé par ces heures, ces années, passées à errer dans les bois.

(2005) Un an après l'apparition des photos d'Abou Ghraib, je me réveille au Texas, amoureux de deux femmes, sincère envers aucune. J'achève mon second semestre d'enseignement de la poésie à l'université de Houston, et me prépare à reprendre l'avion pour New York, où ces deux femmes m'attendent, du moins je suppose. Après la rupture d'une longue relation, je suis « sorti » avec des filles pendant quelques années, et plus d'une fois m'était apparue avec évidence ma relative inaptitude à la chose. Pour moi, « sortir avec une fille », c'était comme lire Tolstoï, enthousiasmant, mais parfois rude, tant les personnages ont tendance à se confondre. Qu'un tel chaos se soit réduit à deux femmes, l'une que j'appellerai Anna, l'autre Inez, était un progrès à mes yeux. Depuis des mois, je parlais à l'une ou l'autre sur mon portable. Chaque fois que leur nom apparaissait sur l'écran minuscule, mon cœur faisait un bond. C'était la fin du mois d'avril. J'en étais venu à la conclusion (l'illusion ?) que si je parvenais à nous réunir dans la même pièce, nous trouverions moyen de nous arranger. Mais une autre part de moi-même eût été parfaitement satisfaite de tout laisser se jouer dans l'ombre.

Le livre *Comment se perdre : guide pratique* parut à peu près à ce moment. C'est en partie une méditation sur l'importance, dans l'acte créatif, de laisser au corps et à l'esprit toute liberté de vagabonder. Le titre me sauta aux yeux : peut-être pourrais-je l'utiliser comme un genre d'anticarte. *« Perdu » a deux sens opposés. Perdre quelque chose, c'est la disparition de l'ordinaire, se perdre, c'est l'apparition de l'extraordinaire...* Un autre livre sortit à la même période : *Pourquoi on se perd et comment retrouver son chemin*, mais je laissai celui-ci en rayon, peut-être parce que je n'étais pas prêt à ne plus me sentir perdu. À cette époque de ma vie, être perdu correspondait à un sentiment d'hébétude, de confusion et de dépossession ; je ne me demandais pas où j'étais, mais ce que j'y faisais. En mon for intérieur, je savais que la dépossession éprouvée venait en partie seulement des catastrophes amoureuses que je m'infligeais. Sous cette tension latente affleurait l'incontournable vérité : je venais de franchir un seuil, en atteignant l'âge de mes parents quand ils avaient implosé, chacun à sa manière. Ma mère s'était suicidée à quarante-deux ans, d'une balle en plein cœur. À quarante-cinq ans, mon père, ivre, était tombé d'une échelle, alors qu'il repeignait une maison, accident qui avait pu lui laisser des séquelles mentales irréversibles. Un an plus tard, il pénétrait dans une banque et y faisait passer son premier faux chèque, début d'une escroquerie à la petite semaine qui finirait par l'envoyer en prison fédérale. Après avoir purgé sa peine, une fois relâché, il plongea plus profondément encore dans l'errance, jusqu'à échouer quelques années dans la rue, où je le rencontrai.

Et me voici à présent, me réveillant au Texas, venant à peine d'atteindre l'âge que ma mère n'a jamais dépassé, l'âge de mon père quand il a disjoncté. Mon rêve déjà se dissout peu à peu, et je me retrouve une fois de plus l'esprit inquiet, tiraillé depuis plusieurs mois entre ces deux superbes femmes. Rien à voir avec le destin, le karma ou le sort.

poignée de main

(2005) Quelques jours après mon retour à New York, je me rends à une cérémonie au Lincoln Center, pour la remise du prix PEN, organisation littéraire de défense des droits de l'homme, en récompense de mon ouvrage inspiré par les sans-abri et mon père[1]. Assis dans le public, j'ai écouté l'hommage rendu à un auteur dont le travail m'est inconnu, et qui avait gagné un prix équivalent au mien :

> *... Sam Harris analyse le monde avec une compassion d'humaniste, mais sans mettre en avant ceux qui pratiquent le meurtre et la torture au nom de croyances reposant sur d'antiques concepts, à la fois improbables, et, plus fondamentalement, improuvables...*

Abou Ghraib faisait toujours la une des médias à l'époque, et, comme beaucoup d'autres, j'en éprouvais

1. *Encore une nuit de merde dans cette ville pourrie*, Gallimard, 2006. *(Toutes les notes de bas de page sont de la traductrice.)*

encore colère et confusion. En cours de soirée, j'échangeai quelques mots avec Harris. On prit une photo de nous en train de nous serrer la main, sourire aux lèvres. Quelques mois plus tard, j'ai lu son livre, *La fin de la foi*, pour découvrir qu'il s'agissait en partie d'un traité prônant la torture :

> *Étant données les convictions partagées par nombre d'entre nous quant aux exigences de notre guerre contre le terrorisme, la pratique de la torture, en certaines circonstances, semblerait non seulement permise mais nécessaire.*

À la lecture de ces mots, et d'autres du même genre (*l'estrapade remise au goût du jour*, ou *c'est désormais un acte éthique que de tuer les gens pour leurs croyances*), un déclic se fit dans ma tête. Harris comme tout autre est libre d'écrire et de publier ce que bon lui semble, mais pourquoi une organisation de défense des droits de l'homme s'est-elle avisée de le récompenser ? Pourquoi m'avoir photographié lui serrant la main, souriant comme un parfait imbécile ?

je n'ai qu'une photographie

Voici une photo de ma mère, s'éloignant d'une maison blanche, une canette de Schlitz ouverte à la main, portant une perruque blonde et d'énormes lunettes de soleil, telle Angelica Huston dans *Les arnaqueurs*. L'homme qui l'accompagne lui aussi tient une canette de Schlitz, on ne voit de lui qu'un fin croissant, mais c'est suffisant pour reconnaître son frère, mon oncle. Caché derrière lui, un jeune enfant, la moitié du visage invisible, plus qu'il n'en faut pour reconnaître mon frère. La perruque de ma mère, un croissant d'oncle, une moitié de frère, voilà ma famille. Mais qui d'autre ces gens pourraient-ils être ? Après tout, j'ai trouvé cette photographie dans un carton d'affaires de ma mère. Le sweater de mon frère, col en V blanc bordé de rouge et bleu aux poignets et à l'encolure, est le même que celui que je portais enfant, cadeau de mon grand-père, qui était riche, avait de l'argent, et nous payait des cours de tennis, tandis qu'à la maison on trouvait des meules de fromage distribuées par le gouvernement, et un bocal argenté, d'une livre, arborant sur le flanc, inscrits au marqueur, les mots BEURRE DE CACAHUÈTE. On mangea le fromage, mais on n'ouvrit jamais le bocal, en prévision de temps plus durs.

Sur la photo, ils se dirigent vers l'océan, au bout du jardin de mon grand-père, sur First Cliff, à Scituate, Massachusetts, ma ville natale. Ma mère l'appelait « la grande maison » (j'ignorais, étant enfant, que « grande maison » était une autre manière de dire « prison »). Un tout petit pied, que l'on remarque à peine, pend des bras d'une personne qui se trouve hors champ ; ce pourrait être mon pied, je pourrais être dans les bras de mon autre oncle, ou dans ceux d'un des copains de ma mère, dont j'ai oublié l'ordre de succession. Le pied est si petit qu'il est même possible que je sois dans les bras de mon père, mais c'est le dernier auquel je pense.

J'ai fait un rêve la nuit dernière. Je suis au téléphone, il est cassé, ce n'est plus qu'un écouteur, un disque de plastique noir, d'où jaillissent des fils électriques, et qui tombe en pièces dans mes mains. Je dois le déplacer de l'oreille à la bouche pour parler et écouter en alternance. Je parle à ma mère, nous prévoyons que je vienne dîner. *Qu'est-ce que j'apporte, une salade ? Le dessert ?*

Apporte à manger, dit-elle, *il nous faut à manger.*

maniaque

(2005) Il existe à présent une photographie de moi serrant la main de Sam Harris, plus moyen de nier son existence. Après avoir découvert, en le lisant, qu'il préconise l'usage de la torture (plus spécifiquement envers les musulmans), je deviens, apparemment du jour au lendemain, un maniaque. Je me lance dans une rédaction de lettres qui allait durer plusieurs mois, lettres envoyées au *New York Times*, au PEN, à Harris, même aux juges qui lui ont décerné le prix, et ont écrit dans leur hommage qu'il mène son analyse ... *sans s'attarder inutilement sur ceux qui pratiquent le meurtre et la torture au nom de croyances reposant sur d'antiques concepts...* Je demande aux juges, notamment, s'ils trouvent Harris plus moderne dans sa défense de la torture. Je n'obtiens pas de réponse. Je lis les comptes rendus de *La fin de la foi* :

Un journaliste trouve dans ce livre « ... un sens de l'humour aigu ».

Un autre écrit que « ... malgré son aspect polémique, c'est un livre joyeux ».

Ma description favorite y voit un « ... voyage sur les sentiers de la mémoire ».

Un livre prônant l'usage de la torture est un *voyage au fond de la mémoire*, description adéquate malgré elle de l'histoire secrète de l'Amérique.

À un moment donné, au cours des mois qui ont suivi la remise du prix, la photographie, les comptes rendus et l'hommage rendu par le juge, je dis à mon amie Claudia que je me sens un peu taré, comme si j'étais seul à voir ce dont tout le monde nie l'existence.

C'est ce qu'éprouvent les Noirs en permanence, fait Claudia en haussant les épaules.

mon répertoire

Ma mère m'a raconté, une seule fois, comment elle s'est retrouvée, petite fille, attachée sur une chaise vacillant au sommet de l'escalier du grenier, les agresseurs — ses frères — la menaçant de la faire dégringoler tête la première. J'ignore si la scène s'est répétée, ce qu'ils cherchaient — une réponse, une promesse —, au-delà des cruautés que s'infligent tous les enfants, et s'ils l'ont obtenu. Sa famille avait de l'argent, tellement d'argent qu'est suspendue au-dessus d'un manteau de cheminée une peinture à l'huile qui représente ma mère, cheveux tressés, debout à côté d'un cheval. Elle passait ses après-midi aux écuries, allait dans une école privée, se faisait appeler une *débutante*[1]. Son père avait grandi dans le luxe, sa mère dans la pauvreté, et tous deux, hélas, mais à des degrés divers, étaient alcooliques. De ce que je pus deviner de ma mère, son enfance se passa dans un chaos sporadique, entrecoupé de longues plages de temps où on la négligeait, tout simplement. Personne, malgré tout cet argent — ou à cause de lui —, n'était au gouvernail.

1. En français dans le texte.

À dix-sept ans, elle rencontre mon père, tombe enceinte, vire de bord.

Mon père — ah oui, mon père... Il y a de quoi écrire un livre (du moins c'est ce qu'il croit), sur lui et ses histoires. Ils sont quasiment inséparables à présent, toujours la même poignée d'histoires, ressassées à l'envi — son répertoire. Un menteur raconte toujours son histoire de la même façon, sauf que certaines des histoires de mon père — la plupart en fait — étaient vraies, si invraisemblable que cela puisse paraître. L'histoire du braquage d'une ou deux banques. L'histoire du roman qu'il a passé sa vie à écrire. L'histoire de son père inventant le canot de sauvetage : toutes vraies. Je les ai entendues pour la première fois, du moins des extraits, durant ses cinq années à la rue. Je travaillais dans le foyer où il venait parfois pour la nuit, et parfois nous parlions, mais c'était — c'est toujours — un alcoolique dans toute sa splendeur, ce qui ne m'incitait pas à croire grand-chose de ce qu'il racontait. Dans l'une de ses histoires, il prétendait descendre directement des Romanov, de la tsarine disparue, objet illusoire qui, en termes de popularité, vient juste après Jésus. Ou Satan.

L'une des histoires de mon père, que je trouvais trop bizarre pour lui prêter la moindre attention, le montrait bouclé deux ans dans une prison fédérale, ce qui est vrai, mais il prétend y avoir été torturé — soumis à des expériences, privé de sommeil, drogué, victime d'humiliations sexuelles — et j'ignore si cela est vrai ou pas. Comprenez-moi : c'est dur, de plus en plus dur, d'obtenir une réponse claire de la part de mon père, dont l'alcoolisme glisse dans sa phase crépusculaire. À présent, quand je l'interroge sur sa période d'emprisonnement, il lance des regards affolés alentour, dans la pièce, le parc ou le café, et susurre : *Je ne peux pas en parler ici.*

ma teufelsberg

(2007) Ce matin, dans ma boîte mail, je trouve cette note envoyée par un ami de Berlin :

> *Debout sur la Teufelsberg (Montagne du Diable) avec un ami hier au soir, à écouter Patti Smith en concert dans le stade en dessous, j'ai pensé à toi. La Teufelsberg est faite de tout ce qui a été détruit par la guerre, maisons rasées et le reste. C'est une montagne imposante, et nous y sommes restés debout à regarder au loin mon étrange, terrible et superbe ville. Où es-tu ?*

Teufelsberg. La Montagne du Diable. Tout ce qui a été détruit par la guerre.

Me voici, je crois, écrivant de nouveau sur ma mère (*samsara*). Et me voici, écrivant de nouveau sur mon père, construisant ma propre Montagne du Diable, empilant tout ce qui a été détruit par la guerre. Quand on me pose la question, je réponds parfois que j'écris sur la torture, mais j'ai constaté que, chez beaucoup, le mot « torture » impose le silence, rend les yeux vitreux, comme si je venais de lâcher une pierre dans un puits sans fond. Parfois je dis que j'écris sur ma fille qui n'est pas encore née, sur ma paternité à venir, cinq mois encore, le sablier qui s'égrène, mais je crains le mauvais sort. Je veux que ce livre soit derrière moi quand elle arrivera. Je ne veux pas que mes premiers jours avec elle soient plongés dans la torture et les ombres. J'ai de la chance, toutefois : quand je me détourne du livre, Inez est là, enceinte et radieuse, apparemment plus assurée de ce qui approche, et cela m'apaise. Après tout, le bébé est en elle, à l'intérieur de son corps, et peut-être par là plus réel pour elle. Mais en fait Inez a toujours eu cette assurance, du moins en apparence. C'était troublant au début de notre relation, car il me semblait que quoi qu'il arrive, que je reste ou que je parte, elle s'en sortirait, elle survivrait. Cela m'a fait prendre une conscience douloureuse que je ne savais pas appeler amour une relation n'impliquant aucun désastre.

Certains me disent que quand le bébé sera là j'éprouverai un amour d'un genre nouveau, comme je n'en ai jamais connu. Je souris, hoche la tête, mais cette promesse me met toujours mal à l'aise. Et si je n'éprouve pas cet amour, si ça ne m'arrive pas, à moi ? Je suis sûr que parfois ça n'arrive pas, que ça ne peut pas arriver à tout le monde, et que ceux qui ne l'éprouvent pas n'en parlent pas, tout simplement. Et si j'étais l'un d'entre eux ? Et si j'éprouve cet amour un jour et que, sentiment fugace, il disparaît le lendemain?

Si on me pose la question, je réponds parfois que j'écris sur la façon dont les photographies sont un genre de rêve, dont les ombres peuvent finir par nous ressembler. D'autres fois, que j'écris un mémoire d'étonnement, et n'en dis pas plus. Mais ce dont je veux parler, c'est de l'étonnement éprouvé au réveil, ma main sur le ventre d'Inez, tandis qu'à la radio on débat des subtilités du *water-boarding*. Mais peut-être est-ce plus facile de parler de la torture que de ma paternité à venir, pensée qui certains jours me fait partir en vrille.

Peut-être devrais-je dire à qui me pose la question que j'écris sur Protée, la créature mythologique qui change d'aspect quand on reste accroché à elle, et prend la forme de ce qui vous terrorise le plus, tandis que vous lui posez votre question, refusant de lâcher prise. La question, souvent, est une simple variation de *Comment rentrer à la maison ?*

pléiades

(1999) Un été, deux semaines durant, j'ai nagé tous les jours dans un petit lac au sommet d'une montagne du Vermont. Il se nomme le lac des Pléiades, ce qui m'a fait penser à la constellation des Sept Sœurs. Je me réveillais tôt chaque matin, prenais la voiture jusqu'au sommet de la montagne, me garais au bord de la route, marchais quinze minutes sur une piste étroite, tout cela afin d'être dans l'eau à sept heures. Il n'y avait jamais personne, pas à cette heure, où le soleil n'attrapait encore que les rejets de granit au point le plus éloigné, des fumerolles s'élevant de la surface. Je participais à un congrès d'écrivains, où je semblais être le seul à ne pas boire. J'avais bu mon dernier verre dix ans plus tôt, deux ou trois ans après que mon père avait fini dans la rue (peut-être à cause de ça). Nager, disais-je à quiconque m'interrogeait, me tenait lieu de Prozac.

L'une des raisons de mes angoisses était que la longue relation dans laquelle j'étais engagé avec une femme que je nommerai Justine s'approchait en boitant de sa fin douloureuse mais peut-être nécessaire. Que cette relation dût mal se terminer (je n'arrive toujours pas à imaginer comment elle aurait pu bien se terminer, même si je sais que je m'abuse moi-même) me poussait à bout, ou plutôt me poussait vers les piscines, les étangs, où je plongeais mon corps et nageais, des heures durant, aussi longtemps qu'il le fallait, jusqu'à ce qu'émerge une pensée agréable, rien qu'une. Certains jours — la plupart d'entre eux — cela prenait longtemps, mais à la fin je pouvais pour ainsi dire la voir venir à la surface de l'eau, tandis que je m'en approchais à la force des bras et des jambes, et mon corps lentement revenait, je le sentais de nouveau, je me sentais revenir à lui, et alors que cette pensée agréable m'atteignait, que je la laissais m'inonder, je sentais mon corps lentement se dissoudre. Sensation fugace, mais totale et suffisante ; il fallait qu'elle le soit. Si je n'arrivais pas à aller nager, si je manquais un jour, je savais que je n'aurais pas cette pensée agréable et n'en aurais peut-être jamais d'autre, du moins c'est ce que je craignais. De l'avis quasi général, c'était ma faute, même si je me suis longtemps accroché à l'idée désespérée que j'avais subi le plus grand tort.

Pour m'échapper du congrès d'écrivains, parfois j'allais au lac des Pléiades deux fois par jour, si quelqu'un d'autre voulait s'y rendre, si nous arrivions à trouver encore une heure dans l'après-midi. Certains de ceux qui m'accompagnaient n'entraient même pas dans l'eau, heureux de voir le lac, appréciant la marche, ce qui m'a permis de découvrir qu'il est des gens qui n'aiment pas nager ou, plus exactement, ont peur de l'eau. Je me suis mis à me poser des questions sur cette peur, pour m'apercevoir que même parmi les nageurs, certains l'éprouvaient. L'un me dit qu'il préférait nager en piscine, où on ne perd jamais le bord de vue. Un autre, qu'il préférait l'océan, dont le sel fait flotter. Un autre encore avait peur de ce qui était immergé sous la surface, de la branche invisible qui pourrait lui accrocher la jambe. Beaucoup semblaient avoir peur de quelque créature sans nom qui s'élancerait pour les mordre et les entraîner vers le fond. Les sangsues étaient un motif de crainte, même si je n'ai rencontré personne qui se soit jamais fait mordre. L'un avait peur de lui-même, apparemment, peur d'abandonner et de sombrer en plein milieu du lac. Un autre avait peur de se trouver à bout de forces et d'être happé par la minuscule chute d'eau. Un autre, d'avoir une déficience cardiaque et d'être incapable de regagner la rive. Au fil de ces conversations, je découvris que, moi aussi, j'avais peur, mais pas de ce qui *se trouvait* là, plutôt de ce qui *ne s'y trouvait pas*, comme une peur du vide, *horror vacui*, peur du rien qui est. Mes lunettes plaquées sur le visage, je voyais la masse obscure s'élevant du fond invisible, et c'est comme si mon regard pénétrait l'univers, sans limite. Les yeux plongés dans cet espace vide, je n'entendais que ma propre respiration, comme s'il n'y avait plus que ça, et ce n'était pas assez.

le prix du bannissement

(2001) Un an après la fin de ma relation avec Justine, j'obtiens une bourse en tant que poète, mentionnant une condition unique : pour avoir l'argent je dois quitter l'Amérique du Nord pendant un an. J'appelle ça *le Prix du Bannissement.* Je me retrouve à Rome durant les deux années qui suivent, dans un grand appartement bon marché près de la Piazza Vittorio, où je prévois d'achever le livre sur le monde des sans-abri et mon père. J'achète une Vespa déglinguée, et me mets à sortir avec une dramaturge italienne. Je n'ai pas à me plaindre, sauf de l'abandon du système de survie que j'ai passé les dix dernières années à construire, un réseau d'amis et de routines qui semble en moi avoir préservé un certain équilibre. Une fois atterri à Rome, mon système de survie, à mon insu, sans que je l'aie cherché, s'est mis lentement à se défaire, se décomposer, comme ces calottes glaciaires qui tombent dans l'Antarctique. Il faut dire que cette crise intime est restée presque invisible à ceux qui m'entouraient, d'autant que la personne qui m'était la plus proche ces huit dernières années, Justine, n'était plus là. Mais peut-être n'est-ce qu'une illusion de

plus, de croire que nul autre ne voyait dans quel état j'étais, alors que j'étais sans doute clairement ravagé.

Avant de partir pour Rome, j'eus un mois pour nager dans un étang à Truro. Au printemps, quand l'étang était gonflé de pluie, il n'y avait pas de plage, mais à présent, à la fin de l'été, par basses eaux, s'était dégagée une petite langue de sable sur laquelle deux ou trois personnes pouvaient s'agglutiner. Durant une semaine environ, chaque jour, je me suis assis à côté d'une femme sur cette étroite langue, et comme nous parlions parfois il s'avéra que nous avions des connaissances en commun. Le dernier jour, elle m'a invité à prendre le thé chez elle, sur-le-champ ou quand le cœur m'en dirait. *Volontiers*, lui ai-je dit, *je passerai à la fin de mon exil.* Je l'aurais fait, je le voulais, mais, de façon incompréhensible, elle allait se trouver dans le premier avion qui percuta le World Trade Center.

les deux tours

Alors que les deux tours étaient encore debout, je me suis arrêté sur un parking de Great Jones Street, regardant avec les autres la fumée sortir de celle que nous pouvions voir. *Qu'est-ce qui s'est passé ?* ai-je demandé à un inconnu, tandis que des masses de gens nous passaient devant, tous remontant Lafayette vers le nord, mais il ne savait pas. À ce stade, personne ne savait, nous n'étions que de simples spectateurs, sous la fumée qui emplissait le ciel. Ce qui s'était passé, quoi que ce fût, continuait à se passer. Dans mon esprit, les gens filant vers le nord venaient tous de la tour en flammes, et je me sentis soulagé que tous aient pu s'en tirer. C'est ainsi que mon esprit traduisit ce superbe ciel bleu troué de fumée.

Quelques minutes plus tard, le garçon qui me servait mon café m'annonça que des avions s'étaient écrasés dans chacune des tours. Les deux tours ? Encore quelques minutes et je me trouvai parmi une foule d'inconnus dans un magasin d'électroménager de Broadway, à regarder tomber la première tour sur une rangée de téléviseurs. J'aurais pu sortir sur le trottoir la voir tomber, mais je pensais que de la télé pourraient venir des mots qui donneraient sens à tout ça.

protée

Protée vit au pied d'une falaise abrupte, au bas d'un chemin semé d'embûches, au bord de la mer. Du haut de la falaise on l'aperçoit, paressant sur un rocher plat, les yeux plongés dans le néant infini qu'est la mer, mais il est difficile de l'atteindre. On vous a dit qu'il a la réponse à votre question, et il est urgent que vous ayez la réponse. En descendant, il faut veiller à ne pas détacher quelque caillou mal fixé au rocher, à ne pas crier quand les épines vous percent les pieds. Il faut l'approcher aussi silencieusement que possible, lui monter dessus, l'attraper des deux mains, les lui passer autour du cou. On vous a dit qu'il faut tenir bon en posant votre question, qu'il ne faut pas lâcher. On vous a dit que, tandis que vous tenez bon, Protée prendra les formes et les aspects qui vous terrifient le plus, pour vous faire lâcher prise. Mais telle est la promesse : si vous tenez bon malgré vos peurs, il reprendra sa forme d'origine et répondra à votre question.

bienvenue dans l'année du singe

(2004) J'entends parler des photographies avant de les voir. À la radio, dans ma voiture. Le commentateur prononce les mots *Abou Ghraib*, que je n'ai jamais entendus auparavant, j'ignore si c'est *Abou Ghraib* en un seul mot ou deux, s'il s'agit d'un bâtiment ou d'une ville, d'un lieu ou d'un concept. Le commentateur radio a vu les photos, en parle comme si elles se trouvaient devant lui, comme s'il les parcourait des yeux tout en parlant : *Ce sont des photographies de notre guerre*, dit-il, *et elles sont vraiment très troublantes.*

Mon premier semestre d'enseignement à Houston vient de prendre fin, je remonte vers le nord, à New York, où vivent Anna et Inez. Ma relation avec Anna a déjà commencé, je n'ai pas encore rencontré Inez. Je suis au volant d'un break Ford Escort 1993, fiable, bon marché, pas du tout sexy, véhicule de base, sans gadget, acheté d'occasion au Texas dans l'idée de le ramener au nord car, à la différence du nord-est, une voiture d'occasion du Texas y aura peu de risques de rouiller. Il suffit de s'assurer qu'elle n'a jamais été prise dans une inondation. Houston, construite sur des marécages, est connue pour ses inondations. Houston, en outre, paraît n'en plus finir : j'entends parler des photographies une centaine de fois avant même d'arriver aux franges de la ville. Le lien entre ces photos, dit le commentateur, est que chacune d'elles décrit une scène de torture, et que les tortionnaires portent l'uniforme, du moins en partie, et que c'est l'uniforme de notre nation. Le commentateur décrit les photos : prisonniers, gardes, chiens. Couloirs, parpaings, cages. Laisses. Sourires. *Beaucoup de prisonniers ne portent pas de vêtements*, dit-il. *La raison en est qu'il semble y avoir une composante sexuelle dans les faits*, tandis que, filant toujours, je passe devant une église de la taille d'un centre commercial.

Le commentateur est reporter. J'ai entendu son nom pour la première fois il y a presque quarante ans, quand il avait révélé un massacre au Vietnam, My Lai, le nom d'un hameau qui a fini par symboliser tout ce qui n'allait pas dans cette guerre. Près de quatre cents civils, hommes, femmes, enfants, rassemblés, exécutés, pour la plupart entassés dans des fossés. Il existe des photographies de ce jour-là aussi, qui lui sont tombées entre les mains et, de là, sont parvenues au *New York Times*. BIENVENUE DANS L'ANNÉE DU SINGE, lisait-on ce printemps-là, en 1968, sur les bannières flottant au-dessus des rues de Saigon.

J'échappe enfin au tourbillon de Houston, et file vers l'est sur la I-10, approchant de la sortie pour La Nouvelle-Orléans, où j'ai prévu de m'arrêter. Cela fait des années que je n'y suis pas allé, mais je décide de poursuivre, de gagner Tuscaloosa avant la tombée de la nuit, où des amis m'ont offert l'hospitalité. Je ne reverrai pas La Nouvelle-Orléans.

DEUX

ils sont revenus

(2007) De nouveau ce moment de l'année – jours courts, nuits longues –, presque Noël, mais avant, l'anniversaire de la mort de ma mère, un clou planté dans la neige. *Bonnes fêtes de funérailles*, dis-je, dans la pièce vide. Chaque année à peu près à cette période, je m'emplis d'une énergie sombre, alors je regarde des films de zombies, et si vous aviez l'occasion de voir une photo de moi l'un de ces soirs, vous me prendriez pour un zombie. Levez la main, voilà le nombre de jours qu'il me faut attendre avant l'anniversaire de la mort de ma mère, le nombre de films de zombies que je peux regarder. *Hiroshima mon amour. After Life. American Psycho.* Dans *L'armée des morts*, les zombies retournent au centre commercial, comme sur ces photographies fantomatiques que les journaux publient chaque année à cette époque, de miséreux alignés devant un Walmart, attendant les soldes. Dans le film d'hier soir, un père se change en zombie et passe le reste du film à poursuivre ses enfants dans les rues désertes de Londres (il leur avait dit que leur mère était morte mais c'était faux). Ce soir, j'ai choisi un film français, *Les revenants*, que je

trouve subtil pour le genre : la seule chose que font les morts c'est feindre la mort, aller au travail sans enthousiasme, en traînant les pieds, et rentrer de même. Ils n'ont nul besoin de notre sang ni de nos cerveaux pour continuer. Ne semblent même pas sûrs d'avoir envie de continuer.

La nuit des morts-vivants fut mon premier film de zombies. Ma mère m'y conduisit avec mon frère, j'avais dix ans. Des mois durant, par la suite, nous rejouâmes nos scènes préférées dans la cuisine, traînant les pieds l'un derrière l'autre, les bras pendants, inanimés, ou grattant la double porte, sans jamais cligner des yeux. Au dîner, je posais une main tranchée en caoutchouc grandeur nature dans mon assiette, l'aspergeais de faux sang, y plantais ma fourchette. Mon père étant parti quand j'avais six mois, il n'était même plus alors un souvenir distant. À même pas trente ans, ma mère était encore jeune. Au fil des ans, elle avait eu une série de copains, corrects dans l'ensemble, du moins ceux qu'elle ramenait chez nous. L'un d'eux, environ un an après notre *Nuit des morts-vivants*, prit l'habitude de me conduire au *drive-in* pour voir des films d'horreur et de zombies : *Bloody Mama* et *Lâchez les monstres.* Ce Noël-là, il m'offrit un livre sur l'histoire de la torture. Le titre, je m'en souviens bien, était écrit en caractères d'ancien anglais, la police utilisée maintenant par les groupes de heavy metal et pour les slogans des A. A. : *Un jour à la fois. Motörhead.*

(1999) Durant quelques années après la mort de ma mère, je jugeai préférable de disparaître, purement et simplement, tout le mois de décembre ; les pays musulmans m'attiraient, là-bas je ne risquais pas d'être tourmenté par des chants de Noël. L'un de mes amis travaillait au Caire, je pris donc l'avion pour l'Égypte, un hiver, fuyant le froid new-yorkais et une relation qui tournait mal. À mon second matin là-bas, je m'éveillai à côté d'une femme dont je finirais par tomber amoureux, mais elle vivait à Copenhague, moi à New York, tous deux étions déjà avec quelqu'un et aucun n'était vraiment prêt, peut-être, à tomber amoureux. Encore sous le coup du décalage horaire, nous allâmes nous promener jusqu'à un immense cimetière transformé en ville pour les déshérités. Des familles entières vivaient dans des cryptes, sans que nul ne sache s'ils pleuraient leurs morts ou simplement le vide d'une crypte. Cette ville de squatters, cette ville zombie, existait depuis si longtemps que certaines cryptes s'étaient changées en boutiques, et les allées étaient éclairées de lampes suspendues. Parvenus aux franges de cette ville, après avoir traversé une nationale, nous atteignîmes une zone marquée en blanc sur notre carte. Le soir tombait. À un stand, nous achetâmes un poisson frit entier que nous mangeâmes en marchant. À un moment donné, dans une ruelle, des enfants se mirent à nous suivre, en faisant tournoyer de longues baguettes fines, qui nous claquaient près du visage. Je savais dire « allez-vous-en » en arabe, m'en étais déjà servi auprès de mendiants, à l'occasion, me sentant chaque fois bien piteux. *Allez-vous-en*, sifflai-je, en tapant du pied, puis j'attrapai l'une de leurs badines, que je lançai par-dessus une palissade. *Allez-vous-en.*

(2003) Après deux ans à Rome, ayant achevé le livre sur les sans-abri et mon père, je regagnai Brooklyn. En mon absence, l'immeuble où j'avais vécu dix ans avait été acheté par les artistes installés à l'étage du dessous, qui avaient quadruplé le loyer. Il me restait une partie de l'avance sur mon livre, de quoi louer quelque chose à Brooklyn ou acheter une maison au nord de l'État. J'acquis la maison, délabrée, de type victorien, dans un joli village au bord de l'Hudson, à deux heures au nord de New York. Le pays de Rip Van Winkle : mes voisins semblaient vraiment avoir dormi au cours des vingt dernières années. Je conclus l'achat en décembre.

Ma relation avec la dramaturge italienne n'allait pas trop bien alors. Nous avions prévu qu'elle me rejoigne une fois installé, mais elle semblait souvent en colère contre moi, et parfois parce que j'étais incapable de lui promettre de la retrouver dans l'éternité. J'acceptais son interprétation du catholicisme, mais cela ne m'en inquiétait pas moins. Quelques mois plus tôt, par hasard, on m'avait commandé une pièce en un acte, bien peu de chose, mais je m'étais imaginé pouvoir en tirer quelque apprentissage. Le jour anniversaire de la mort de ma mère, la dramaturge me dit au téléphone qu'elle préférait me voir me suicider plutôt qu'écrire une pièce. Elle se sentait menacée, apparemment. Depuis le début, j'essayais de la rassurer, mais à ces mots, *je préfère te voir te suicider*, je sus que c'était la fin de notre relation. Je raccrochai. Puis, regardant autour de moi, perché sur un canapé de récupération au milieu d'un taudis, dans une ville oubliée par le temps, je me demandai ce que j'avais fait. Avais-je vraiment mis tout mon argent dans cette ruine, qu'on ne ramènerait à la vie que par des années de travail ? Peut-être pouvais-je simplement m'y endormir, pour ne pas me réveiller.

Ce que je ne pouvais pas savoir, c'est qu'Inez vivait à quelques kilomètres à peine au bord de la même route.

(2007) Dans un rêve, la nuit dernière, Inez s'éloignait de moi, dans les couloirs d'un bâtiment aux allures de prison. Un garde m'arrête, me dit que je ne peux pas la suivre. Sur un moniteur vidéo, je la regarde descendre un couloir, tourner à droite, puis je la perds de vue. Le garde a un chien, qui me tient cloué à une table, et le rêve s'achève ainsi. Je me réveille dans une chambre blanche à Brooklyn, l'appartement dans lequel Inez et moi nous sommes installés depuis deux mois (chose étonnante, c'est la première fois que je vis avec une femme). Inez dort à côté de moi, c'est notre chambre. Quand elle ouvre les yeux, je ferme les miens, pour lui raconter le rêve. Il y avait aussi une voiture, je conduisais tout près du bord d'une falaise.

Notre bébé doit arriver dans un mois.

La semaine dernière, la Danoise m'a envoyé une photo d'elle, enceinte jusqu'aux yeux. Hier, j'ai rencontré par hasard une autre de mes anciennes amantes, mais l'ai confondue avec sa sœur jumelle. Il y a des années de ça, à mon retour d'Égypte, je suis retourné à Brooklyn, à ma relation défaillante avec Justine, mais elle m'a regardé comme l'héroïne du film de zombies français, dont l'amant revient d'entre les morts. *Tu es revenu*, semblait-elle vouloir dire, mais tous deux savions que je n'étais pas revenu, pas vraiment. En fait, à présent, quand nous nous rencontrons, des années après, c'est pour parler de mon immense maladresse dans toute l'affaire. *Tu sais à quel point c'était dur pour moi ? De me réveiller à côté de l'homme que j'aimais, changé en tueur psychotique ?*

Juste un zombie, voudrais-je dire.

de qui as-tu hérité la couronne ?

(1974) Si, sans quitter des yeux la télévision, tu demandes un verre d'eau, et que ta mère, en train de faire dorer des oignons dans une poêle, te répond *De qui as-tu hérité la couronne, petit roi ?* tu pourrais bien te demander si tu n'es pas vraiment roi. Inconnu, méconnu, mais quand même, un roi. Ou si tu demandes un verre d'eau et que ta mère, en train de sortir, te répond en passant *C'était qui, ton esclave, hier ?* cela pourrait vouloir dire autre chose. Ou la même chose, les rois ont souvent des esclaves après tout, les deux vont ensemble, tu n'es pas sans le savoir.

À l'école, on étudie le mouvement des droits civiques. Mais ça ne t'intéresse pas. Ce qui t'intéresse, c'est le Moyen Âge, un temps de rois et d'oubliettes, dont on ne parle pas à l'école. *Médiéval*, tu aimes prononcer le mot, qui contient *evil*, le mal. Aujourd'hui le professeur parle de Martin Luther King, chaque année tu apprends les quatre mêmes choses sur son compte, mais tu penses à Nabuchodonosor, roi de la Babylone antique. Dieu l'a privé de son royaume pour le punir de sa fierté, puis l'a condamné à vivre dans les bois comme un animal.

Apparemment, Dieu n'aime pas qu'on soit fier. Sept années durant, Nabuchodonosor vécut à l'écart de toute société, privé de la capacité de penser. Son corps se couvrit de poils, ses ongles se changèrent en griffes.

Tu regardes tes mains, étires tes doigts.

Martin Luther King a été emprisonné à Birmingham pour avoir défendu le droit d'un homme à se prendre un sandwich exactement où et quand ça lui chante. Ton père est en prison, ta mère te l'a dit, la prison se situe dans le Missouri, mais tu n'en sais pas plus. D'après la grande carte suspendue au mur, celle que tu contemples quand tu es censé écouter, tu vois que le Missouri est au milieu de nulle part. Le professeur explique que, depuis sa prison, Martin Luther King a écrit une lettre. Il fallait lire la lettre à la maison. *Quelqu'un peut-il nous dire ne serait-ce qu'une chose écrite dans cette lettre ?* Elle te regarde droit dans les yeux en disant ça, tu fixes un point au loin et elle devient floue.

De retour à la maison, à plat ventre par terre, tu lis les BD et ta mère la rubrique nécrologique. Tu cherches *The Wizard of Id*, tu aimes bien Spook, l'espèce de troll, qui se retrouve toujours enchaîné dans les oubliettes. Ce qui te plaît, c'est que chaque fois qu'il apparaît, c'est pour essayer de s'évader, et tu veux à la fois qu'il y arrive et qu'il soit là à ta prochaine visite.

Un jour ta mère te fait passer une lettre écrite en prison par ton père. Dans l'enveloppe, avec la lettre d'une page, il a inclus une coupure de journal, *The Wizard of Id*. Spook est enchaîné au mur, un homme encapuchonné brandit un fouet derrière lui.

Si tu demandes à ta mère pourquoi ton père est en prison elle dira peut-être *Ton père est un réprouvé.*

Comme tu ne sais pas ce que veut dire réprouvé, tu pourrais bien imaginer que c'est un genre de roi.

Mais, de manière plus vraisemblable, tu penseras que c'est un genre de spectre.

Ton père, autant que tu t'en souviennes, d'après cette unique rencontre, est un mélange d'Andy Williams et du Lion peureux. Tous les copains de ta mère te rappellent quelqu'un que tu as vu à la télé. Tom Jones. Dick Cavett. Gregg Allman.

Un jour tu apprendras que ce qui fut jadis Babylone est aujourd'hui l'Irak. Des années plus tard, après l'invasion par ton pays, on retrouvera son roi, son président, quelques mois plus tard, tapi dans ce qu'on appellera un « trou à rats », la barbe hirsute, les ongles longs. Et quelques jours plus tard, après sa condamnation à mort, il sera pendu par des hommes encapuchonnés, l'invective aux lèvres. Tu regardes son exécution le même jour où tu vois la photo d'une pop star égarée exhiber sa chatte aux yeux du monde.

Mais pour le moment c'est toujours cette superbe journée de printemps, tu es toujours à l'intérieur. Ta mère n'est pas encore sortie. Ce soir, elle travaillera comme serveuse jusqu'à deux heures, mais elle n'a pas à partir avant la nuit, tout peut encore arriver. Vous pourriez prendre la route du port, tous les deux, acheter une glace, vous garer devant Peggotty Beach, regarder les estivants essayer de nager dans l'Atlantique encore froid. Tu pourrais l'aider à émincer des carottes et des oignons pour son ragoût de poulet. Vous pourriez faire un tour en voiture le long des falaises, passer devant les grosses maisons qui vacillent au bord de l'océan, faire des paris sur laquelle s'écroulera en premier. Mais si elle retrouve son copain du moment, le flic (Elvis), cela n'aurait pas de sens que tu ailles avec elle. Qu'est-ce que tu ferais ? Jouer avec son arme encore une fois, pendant qu'ils se pelotent à l'avant ? Quand elle te passe devant, en sortant, tu es toujours à plat ventre, les yeux plongés dans ta lanterne magique, *Les trois Stooges* à présent, Curly une fois encore a la tête prise dans un étau, Moe essaie de l'attaquer la scie à métaux. On dirait que Moe est toujours en train d'essayer de taillader le corps de quelqu'un.

une question simple

(1995) Je travaille en tant que poète itinérant dans les établissements d'enseignement public de New York (Harlem, le sud du Bronx, Crown Heights), lisant des poèmes à des jeunes, les aidant à écrire de la poésie. Ce sont des années de richesse sans précédent aux États-Unis, et si vous voulez trouver la pire école publique dans une ville, allez donc voir celle qui a reçu le nom de Martin Luther King. Les établissements dans lesquels je travaille se trouvent dans des quartiers qui ressemblent à Dresde après les bombardements, bien que les marchands de tapis, les spéculateurs, soient déjà en train de se frayer des chemins d'accès, rachetant les cartouches brûlées. Au début du cours, parfois je lis le poème *A Story That Could Be True*[1], de William Stafford. Il traite en partie d'un père absent, comme c'est le cas pour beaucoup de ces enfants, je le sais. Le poème commence ainsi :

Si on t'a échangé au berceau et
que ta vraie mère est morte

1. « Une histoire qui pourrait être vraie ».

sans raconter l'histoire
personne ne sait ton nom,
et quelque part dans le monde
ton père, perdu, a besoin de toi
mais tu es si loin.

Je m'étranglais chaque fois que je le lisais à voix haute, pour des raisons qui m'étaient mystérieuses alors mais semblent évidentes aujourd'hui. Six années durant mon père avait vécu comme Nabuchodonosor à l'écart de toute société, privé de la capacité de penser, des poils lui avaient recouvert le corps, ses ongles s'étaient changés en griffes.

Il ne peut jamais savoir
combien tu es sincère, et prêt.
Quand le grand vent se lève
et avec les rapts de la pluie
debout à l'angle, tu trembles.
Les gens qui passent...
t'étonnent de leur calme.

À l'époque où je lisais Stafford à des lycéens de Harlem, mon père n'était plus à la rue depuis près de cinq ans, et vivait dans un logement social au centre de Boston. Mais une fois de plus, j'avais perdu contact avec lui, une fois de plus, il avait disparu parmi les ombres. Ou j'avais disparu. Quand je le retrouvai, je me dis que je voulais lui poser une question simple : comment avait-il rencontré ma mère ? Mais je dus insister sans relâche, car il lui fallut des années pour répondre.

tandis que nous passons lentement devant la maison en flammes

(1971) Quand une sirène – police, pompiers ou ambulance – déchirait la bande-son de mes dessins animés du matin, venant tordre le bleu du ciel, ma mère m'envoyait démarrer la voiture. *Voyons ce qui est arrivé*, disait-elle, et nous partions, où les sirènes nous appelaient. Ensuite nous passions au café du port et j'allais lui commander son café, *Un crème-sans-sucre*, tandis qu'elle m'attendait dans la voiture. Elle avait travaillé dans ce café quand elle était lycéenne, et y avait rencontré mon père. *Je ne veux pas encore leur donner de quoi causer*, m'avait-elle dit un jour, m'expliquant pourquoi elle m'envoyait seul.

Quand je revenais avec son café, nous roulions jusqu'à la plage et, de la voiture, regardions l'Atlantique. Un jour elle m'annonça qu'elle songeait à épouser un charpentier qu'elle voyait depuis deux ou trois mois. *Travis veut m'épouser*, me dit-elle. *Qu'en penses-tu?* Travis rentrait juste du Vietnam, il avait dix ans de moins qu'elle et dix de plus que moi (j'ai onze ans), plutôt sympa, mais un peu fou.

C'est une erreur, lui dis-je.

Deux semaines plus tard, Travis vivait chez nous.

Après leur mariage, ma mère et moi poursuivons nos inspections de maisons brûlées. Travis ne se joint jamais à nous, n'y est peut-être jamais convié. Une fois nous sommes passés devant la maison d'une femme qui s'était suicidée, sans être signalée par les sirènes. Peut-être que nous l'avions appris dans le journal, peut-être d'un voisin, mais nous sommes montés en voiture et, en arrivant, sommes passés devant lentement. Je n'avais jamais remarqué cette maison, qui se trouvait pourtant sur l'itinéraire de ma tournée de journaux matinale, les fenêtres à présent obstruées par les rideaux, l'herbe ayant déjà gagné tout autour.

scylla

En passant ainsi devant nos maisons en flammes, qu'est-ce que ma mère espérait trouver, qu'espérait-elle me montrer ? Espérait-elle m'apprendre à porter la plus grande attention au monde ? Ou au monde d'après ? Dans *L'Odyssée*, les sirènes chantent pour attirer Ulysse et faire échouer son vaisseau sur les récifs. On pourrait alléguer que nos sirènes appelaient pour nous faire échouer nous aussi, pour saborder notre navire, mais nous ne devions le comprendre que des années plus tard. Ou, pourrait-on avancer, au moins ce n'était pas notre tragédie, au moins étions-nous encore capables de sortir de la maison une heure, au grand air, pour être les témoins d'un événement qui nous était extérieur. Pour éprouver de l'empathie, nous y entraîner, même si nous ne connaissions pas les habitants des maisons en flammes — cela nous importait peu —, même après la disparition de leur maison. Qu'aurions-nous donc pu leur offrir, une chambre dans notre maison tombant en ruine ? (*Cette chambre n'existait pas*) Un repas, une couverture, des vêtements ? (*Nous n'en fîmes rien*)

Ou peut-être ma mère voulait-elle seulement que je

m'entraîne, comme dans d'autres familles on répète l'alerte au feu, de sorte que, quand les sirènes retentiraient pour elle, je saurais quoi faire. Monter en voiture et rouler, en direction du bruit, quelle qu'en soit la cause — incendie ou crise cardiaque, accident de voiture ou suicide. Descendre et se poster sur le trottoir ou la pelouse d'un voisin. Ou ne pas même s'arrêter, passer devant au ralenti, tandis qu'on emporte l'inconnu sur une civière. Mais où se rendre quand la sirène se déclenche devant votre propre maison ? Où tourner ses regards quand les inconnus alignés sur le trottoir vous regardent vous ?

on ne prend pas de photos

(2004) Le jour où paraissent les photos, un vétéran du Vietnam est interviewé à la radio, dans un café du Tennessee. Les photos sont diffusées dans les journaux du monde entier et, au bruit, on dirait qu'il les examine tout en parlant. *Vous savez*, commence-t-il lentement, *des trucs comme ça, ça arrive dans toutes les guerres*. Difficile de dire s'il est dégoûté ou simplement troublé. Il marque un temps d'arrêt puis, une nuance d'indignation dans la voix, reprend : *mais on ne prend pas de photos*.

Le lendemain un commentateur radio intervient : *Cela ne diffère en rien de ce qui se passe lors des rites initiatiques des Skull and Bones*[1]*. Mais là, on va détruire l'avenir de gens, entraver l'effort militaire, puis bien les enfoncer, juste parce qu'ils se sont fait plaisir. Ils se font tirer dessus tous les jours, vous savez. C'est de se faire plaisir qu'il s'agit pour eux. Vous avez déjà entendu parler de décharge émotive ? Vous avez entendu parler du*

1. « Skull and Bones », emblème des pirates, un crâne croisé de deux os, est une société secrète fondée à l'université de Yale en 1832. On dit qu'elle compte parmi ses membres l'élite des dirigeants du pays, tous partis politiques confondus.

besoin de relâcher la pression? C'est avant que les soldats traînant les prisonniers en laisse et levant le pouce en signe de victoire derrière des pyramides d'hommes nus ne soient désignés comme *deux ou trois brebis galeuses*; au moment où les soldats sont encore des gens comme nous, ce qui, chose étonnante et désagréable, est peut-être plus proche de la vérité.

(1984) Quand je vivais à Boston, et que je buvais encore, je me mis à travailler dans un foyer pour sans-abri. J'avais vingt-quatre ans, mon père ne s'était pas encore fait expulser, et je n'avais aucun moyen d'imaginer ce qui allait arriver. Parfois, le week-end, on me désignait comme « responsable », ayant d'autres employés à superviser, de vingt-deux à cinquante-deux ans. Lors des réunions de changement d'équipe, on votait : fallait-il renvoyer untel ou tel autre, l'exclure un jour, un an, pouce vers le haut ou vers le bas. Ensuite, quand les clochards se présentent à la porte, dans l'espoir d'être accueillis pour la nuit, on les arrête, les renvoie dans la rue et l'obscurité neigeuse. Nous savions qu'ils pourraient mourir dehors, mais (*sa majesté des mouches*) on nous avait donné le pouvoir de vie et de mort. Chaque matin, en rentrant du travail, je marchais sur des corps, et parfois j'observais des enfants qui, en allant à l'école, enjambaient les mêmes corps. Je les entendais demander, tenant la main de leur mère bien serrée, *Pourquoi il dort sur le trottoir, le monsieur?* Vingt ans plus tard, certains de ces mêmes enfants se porteraient volontaires pour partir en Irak. Peut-être croyaient-ils pouvoir arranger les choses, voire sauver

des vies, une ville, ou le monde. Ou peut-être seulement se payer l'université à leur retour. Mais ce n'est pas pour ça qu'on les envoie. Il n'est peut-être pas si difficile de pousser quelqu'un qui a grandi dans l'idée que les êtres humains sont remplaçables à brutaliser quelqu'un d'autre. Surtout s'il ne lui ressemble pas, ne parle pas sa langue, ne vénère pas son dieu. Même si tout ce qu'ils veulent, au fond (*est-il possible de s'être trouvé là sans être hanté ?*), c'est aider.

Quelques jours après que les photos furent divulguées à la face du monde, lors d'une conférence de presse sur ce qu'on commence à appeler un « scandale », le secrétaire d'État à la Défense déclare : *Je ne sais pas s'il est juste de parler de torture, comme vous venez de le faire, ou s'il s'agit là de preuves tangibles. Je me refuse donc à employer le mot de torture.* Le mot de torture. Quelques jours plus tard, un sénateur américain se fait l'écho de la déclaration selon laquelle les photos ne sont que le témoignage d'un bizutage qui est peut-être allé trop loin. Charles Krauthammer (je ne sais pas trop quelle est sa profession, à ce Krauthammer, avec son nom de crapule de BD) sera plus explicite : *Nous devons tous être prêts à la torture.*

tout jeté par-dessus bord

(1987) Ça fait trois ans (une vie) que je travaille au foyer quand mon père se fait renvoyer de son logement social, à dix minutes à pied de mon propre logement social, dans le centre-ville de Boston. Si près l'un de l'autre, et pourtant, jusqu'à son expulsion, nos chemins ne s'étaient jamais croisés. Après son expulsion, il vit quelques années à la rue, et parfois – souvent – passe la nuit au foyer où je travaille, ce qui d'abord me fait partir en vrille, avant de me conduire à entreprendre une thérapie et à cesser de boire. À dire vrai, la vrille ne fut que l'emballement d'une histoire en cours, certes banale, histoire d'alcool, de drogue et de nuits passées avec des femmes qui n'étaient pas toujours ma copine. À l'époque où je travaille au foyer, j'ai déjà été arrêté deux ou trois fois, j'ai passé quelques heures en détention préventive, bousillé quelques véhicules, dit quelques mensonges à telle ou telle copine. À l'époque où je travaille au foyer, moi-même je ne peux que constater que j'ai rarement été arrêté, ou on m'a rarement quitté, sans que je l'aie mérité. Je sais que le flic ou que ma copine m'ont vraisemblablement sauvé la vie, et plus

d'une fois, simplement en confisquant ma voiture ou en disant *ça suffit.*

Au foyer, je fais la connaissance de quelques flics, les officiers employés pour assurer la sécurité. Dehors, je les vois aux manifestations que nous organisons, autour des tentes refuges que nous montons, ou des immeubles abandonnés appartenant au gouvernement, dans lesquels nous pénétrons, en arrachant les planches, pour les occuper, exigeant qu'ils soient rénovés et changés en logements sociaux. Lors d'une manifestation, l'un de ces flics m'arrête et me passe les menottes en souriant. Un dur à cuire, une tête brûlée, comme la plupart des flics. Il ne devrait pas me plaire mais je l'aime bien. Il ressemble à ces bûcherons dont j'ai fait la connaissance quelques années plus tard sur Meares Island, patrie de l'une des dernières forêts primaires de l'Amérique du Nord, dans le détroit de Clayoquot, un réseau de cours d'eau sur la côte ouest de l'île de Vancouver. Les bûcherons sont restés assis sur un pont avec nous les manifestants, tandis que la police montée essayait d'arracher notre amie du tronc auquel elle s'était enchaînée ; nous l'avions fait rouler jusqu'au site la nuit précédente, pour empêcher les camions d'emprunter le pont. L'opération durait, car notre amie était à cheval sur une extrémité du tronc qui dépassait du pont, la faisant pendre dans le vide au-dessus de la rivière, loin en dessous. Un coup brusque et elle tombait, ce qui ferait désordre à la une des journaux, pour la police comme pour l'industrie du bois. L'action ralentit les camions une journée durant, ce qui nous permit de découvrir que les bûcherons n'étaient guère différents de nous, s'efforçant simplement de venir au bout d'une journée de plus. Ils me firent penser aux copains de ma mère quand j'étais enfant, le charpentier, le gangster, le pêcheur et celui qui dirigeait la Société des Tuyaux en béton, tous ces types que j'avais appris à connaître et à apprécier. Aucun n'était bien différent des types qui construisaient la centrale nucléaire juste au-dessus de la frontière de l'État dans le New Hampshire. Un été, j'ai travaillé quelques semaines dans cette ville, à construire des serres. À la pause-déjeuner, dans les sandwicheries, je croisais les gars de la centrale nucléaire, qui n'avaient pas l'air si différents de moi. Plus tard, à la fac, certains de mes amis devaient retourner dans cette ville pour manifester contre la centrale. Quelques années après, je lus qu'elle posait des problèmes, d'ordre structurel. Il s'avéra qu'on avait filmé des ouvriers se shootant dans leur voiture sur le parking à la pause-déjeuner, on leur fit donc porter le chapeau. C'était la fin des années 70, puis le début des années 80. Tout le monde se shootait, les ouvriers de la centrale nucléaire, les gamins qui allèrent manifester contre l'usine, mon père faisant irruption dans sa première banque, ma mère chargeant l'arme qui la tuerait, moi debout devant son cercueil, tendant le bras pour lui toucher la joue, murmurant à mon frère *Elle n'est même pas réelle*. C'était notre façon de survivre, de jour en jour, emballés de gaze, figés, comme Walt Disney, dans l'attente de la découverte scientifique qui nous permettrait de nous réveiller, un jour.

Je vais essayer de le dire d'une autre façon :

(1977) Dans l'Impala démesurée de mon ami Phil, je reste sur le qui-vive, écoutant les Cars sur un lecteur huit pistes : *Since you're gone, I took the big vacation*[1]. Ma mère, à bientôt quarante ans, travaille comme serveuse les soirs de week-end, après son travail de jour à la banque ; elle sert des fish and chips et des bouteilles de bière tandis que les gens du coin écoutent le groupe du bar. Quelques années durant, avant que leur premier album ne les rende célèbres, c'est les Cars.

I can't help it, when you fall apart[2].

Je sais désormais qu'elle nous quitte, pas à la façon dont je sais que tout le monde nous quitte, un jour ou l'autre, mais avec un malaise que je porte en moi depuis ma naissance. Une part de moi-même imagine qu'elle va partir soudain, en voiture avec un type qu'elle aura rencontré au bar, ce qui a dû se produire plus d'une fois. Plus d'une fois, elle n'est pas rentrée à la maison, les nuits où mon frère et moi dormions chez ma grand-mère. Elle m'avait bien averti, prévenu qu'elle ne serait pas toujours là, m'avait montré où se trouvaient les papiers importants, les documents, les instructions. Des instructions ? Le moment venu, elles ne signifiaient rien : du baragouin, du charabia, du blabla (*ma foi, rien ne fait sens*) ; le moment venu, l'argent ne signifiait rien. Je ne voulais que quelques miettes pour me retrouver, je n'avais qu'une question à lui poser, une toute petite question.

1. « Depuis ton départ, j'ai pris des grandes vacances. »
2. « C'est plus fort que moi, quand tu t'écroules. »

TROIS

une caisse de poupées

(2007) J'ai l'impression d'être dans ce train, filant plein sud le long de la rivière, qui serpente un peu plus loin, à ma droite, depuis une éternité. Je n'ai pas à me plaindre. Je suis parmi les premiers, et j'ai pu avoir une place près de la fenêtre, si je le souhaite je peux lever les yeux sur la rivière et tout ce qui a échoué sur ses rives, ainsi que sur les petites maisons délabrées parmi lesquelles j'imagine toujours aller me promener un jour ; celle-ci, par exemple, la porte restée ouverte, comme si quelqu'un, par une journée comme aujourd'hui, une chaude journée d'automne, était sorti regarder la rivière, et n'était tout simplement jamais revenu.

Deux mois avant la naissance de notre fille, Inez et moi assistons à un cours de secourisme pour bébés. J'ai déjà pris des cours de secourisme, mais jamais spécifiquement pour sauver un bébé. La femme qui l'anime traite avec passion le sujet de la sécurité, nous décrivant avec force détails sinistres ce qui pourrait arriver si nous n'installons pas notre enfant sur un siège bébé aux normes, si elle avale une pièce de monnaie, si on lui renverse du café chaud dessus. *Un jour, vous la découvrez toute bleue*, dit-elle. *Que faites-vous?* À ses pieds, une caisse de poupées, avec visages en caoutchouc amovibles, et la poitrine qui se comprime seulement si la trachée est dégagée. Tout en parlant, elle applique un visage sur un crâne de poupée et nous assure que tous ont été stérilisés depuis le dernier cours. *Je les remporte chez moi pour les faire bouillir*, explique-t-elle. Sur la table qui se trouve devant chacun de nous, elle pose une poupée sur le dos, avec une compresse imbibée d'alcool afin que nous puissions essuyer une dernière fois la bouche de la poupée avant de tenter de la ramener à la vie. Au vu des expressions se lisant sur les visages, nous sommes tous plutôt angoissés (ou peut-être n'est-ce que moi). *Prenez deux doigts*, nous indique le professeur, *placez-les juste en dessous de la poitrine de votre bébé, au centre, et appuyez.*

Je ne peux pas imaginer ma mère et mon père dans une pièce comme celle-ci, essayant de ranimer une poupée. Y avait-il même des cours, à l'époque, pour les futurs parents? J'ai dans l'idée que la grossesse, dans leur jeunesse, était une condition à laquelle on faisait face, ou pas. J'ai entendu de la bouche de mon père, plus d'une fois, que ma mère, enceinte de mon frère à dix-sept ans, avait envisagé l'avortement. De la bouche de l'un de ses ex, qu'enceinte de moi deux ans plus tard elle avait fait une tentative de suicide, ou peut-être juste après ma naissance, et qu'à l'évidence elle avait échoué. Ou peut-être avait-elle renoncé à temps. J'ignore s'il y a du vrai dans tout cela, et il n'y a plus moyen de le savoir. Pour ce qui est de la tentative de suicide, je ne l'ai entendu mentionner qu'une fois, et par un ex-copain qui semblait amer, peu enclin à parler, voire un tantinet paranoïaque. C'est le premier copain de ma mère que je me rappelle avoir connu. Ils restèrent ensemble près de cinq ans, deux seulement selon lui. À un moment de leur relation, il vivait aussi avec sa femme, de qui il avait trois enfants, il ne compte peut-être donc pas ces premières années. Il finit par divorcer et, étant catholique, il en fut et resta affecté. Des années plus tard, quand je le retrouvai, il ne pouvait plus que murmurer qu'il avait commis une erreur. Quant à cette première tentative de suicide de la part de ma mère, je ne serais guère surpris que ce fût vrai. On avait souvent l'impression que mon frère et moi, ses enfants, la retenions attachée à ce monde, alors même que d'avoir à nous élever seule la tirait vers le fond.

le livre de daniel

Dans l'une des premières scènes du *Livre de Daniel* de E. L. Doctorow, le personnage principal et héros éponyme — version fictive de l'un des enfants restés seuls après l'exécution des époux Rosenberg — retourne en voiture à la propriété familiale avec sa copine. Pas un mot n'est prononcé, ils ne parlent pas, mais comme nous avons accès à ses pensées nous savons qu'il est plein de rage. À un moment donné, il lui fait comprendre, de quelque façon, ce qu'il attend d'elle, et, sanglotant en silence, tandis que leur enfant dort à l'arrière, elle accepte. Elle s'agenouille sur le siège, remonte sa jupe, baisse sa culotte et lui offre ses fesses dénudées. Il les caresse brièvement, comme s'il allait y enfoncer les doigts, mais au lieu de ça, il enclenche l'allume-cigare, et quand celui-ci ressort il s'en saisit et la brûle avec, tout en conduisant de l'autre main.

(2004) Quelques jours après la publication des photos d'Abou Ghraib, j'arrive à New York au volant de la voiture que j'ai conduite depuis le Texas, et me rends chez

Anna. Je lui dis que je ne suis en état de fréquenter personne, de m'engager, qu'il est vraisemblable que j'en voie d'autres, même si ça ne m'empêchera pas d'aller la rejoindre chaque fois que j'irai à Brooklyn. Ainsi, au fil des semaines, nous nous rapprochons, mais vient un moment où je rencontre quelqu'un d'autre, Inez, bien que je ne sois toujours pas prêt à fréquenter quiconque, à m'engager, pas vraiment. D'abord, je parle d'Anna à Inez, puis je laisse chacune supposer que j'ai cessé de voir l'autre, jusqu'à ce jour où je me réveille au Texas, un an plus tard, amoureux de deux femmes, honnête envers aucune, dans le lieu le plus sombre que j'ai connu depuis longtemps, bien longtemps : *Au milieu de ma vie, je me suis trouvé dans les sombres profondeurs d'un bois, égaré.* Quand j'étais avec l'une, je redoutais un appel de l'autre, et gardais donc mon téléphone en mode silencieux; je leur adressais la parole en les appelant *chérie, mon cœur*, ou *beauté* pour éviter tout risque d'erreur. Depuis que j'avais cessé de boire, des années plus tôt, je m'étais évertué à être honnête, et je fus frappé de constater à quelle vitesse tous ces efforts pouvaient être anéantis, un mensonge menant à un autre, pour que je me retrouve à dire à l'une d'entre elles (laquelle ?) sur mon téléphone portable que j'allais me coucher alors que je faisais route vers Austin. Jusqu'à ce qu'une voix s'élève dans ma tête — je ne sais pas dire quand exactement — tout doucement d'abord, rassurante, murmurant que l'imbroglio dans lequel je m'étais fourré se résoudrait si j'étais mort, le mal que je causais autour de moi serait alors réparé.

Un soir, je dis à Anna que je me sens comme Daniel dans le livre de Doctorow. Je lui parle de l'allume-cigare, de cette tentative de faire partager sa douleur. C'est une forme d'avertissement que je lui adresse. Je ne lui proposais ni ne lui demandais de la brûler, j'avais seulement toutes les peines du monde à m'engager, envers elle — envers tout — sans trouver les mots pour en dire la cause.

la solitude de dieu (connue)

Bientôt, très bientôt, je serai connu : ce sont les premiers mots que m'écrit mon père, bouclé pour braquage de banques, ou un délit similaire. Adresse de l'expéditeur, # 9567328, Prison Fédérale, Springfield, Missouri. Je m'entends souvent l'appeler braqueur de banques, peut-être parce que le terme est plus électrisant que « raté ». Son chef d'inculpation : « trafic de valeurs volées » : il s'était introduit dans quelques banques, avait dit quelques mots, passé quelques faux chèques, pour ressortir avec de l'argent qui ne lui appartenait pas. Dans chaque banque, on a pris sa photo, tout sourire, face à la caméra. *Bientôt, très bientôt, je serai connu.* Connu ? Qu'y avait-il d'autre à connaître ?

Selon certains soufis, c'est la solitude de Dieu et son envie de se faire connaître qui est à l'origine de la Création. À l'époque où je buvais encore, même si je n'appréciais peut-être déjà plus autant l'alcool (*l'homme commence par un verre, puis le verre prend un verre, puis c'est le verre qui prend l'homme*), une petite amie d'alors se tourna vers moi, paume plaquée contre mon torse : *Tu sais, en fait, je ne te connais pas du tout.* Nous étions ensemble depuis quelques mois, et il est vraisemblable qu'elle exprimait simplement le désir de mieux me connaître, de se faire inviter dans l'enceinte de ma forteresse invisible, que je m'étais construite toute ma vie durant. Mais à vrai dire, et c'était là le problème, personne n'était invité. Il m'arrivait de faire référence à l'un des épisodes agités de ma petite réserve de tragédies, de le projeter telle une diapositive (*une preuve*), mais ce n'était qu'une façon de captiver un peu plus l'attention de mon auditoire. Rien à voir avec le fait de les laisser entrer. Dans la forteresse, un homme luttait contre son ombre, murmurant qu'il ne se laisserait plus surprendre, plus jamais. Murmurant qu'on ne l'y prendrait plus, à devenir si proches qu'elle pourrait lui manquer.

La solitude de Dieu et son envie de se faire connaître sont à l'origine de la Création. Les choses impalpables, sans nom, le restèrent jusqu'à ce que la violence du sentiment d'isolement divin ébranlât les cieux d'un spasme de procréation, formant des mots qui se changèrent en choses.

La violence du sentiment divin d'isolement.

Une autre petite amie, peu après que j'eus cessé de boire, me dit que mes yeux étaient morts. Ils l'étaient peut-être, mais ses mots ont percé le mur, à une époque où je n'étais pas encore prêt à y toucher. Elle était allemande, je pardonnai donc le caractère abrupt de ses dires (*Tes oreilles ont un goût de poison*, murmurait-elle quand nous nous embrassions). C'était quelques jours à peine avant la chute du mur de Berlin, et elle prit l'avion pour rentrer chez elle. Quelques mois plus tard, je me présentai à sa porte à Kreutzberg, une visite dont nous avions parlé depuis notre séparation dans les larmes (*Tu sors de moi maintenant*, avait-elle chuchoté à l'aéroport, me tirant la main vers son entrejambe), mais elle s'était installée avec quelqu'un d'autre.

l'allégorie de la caverne

Ma mère, paraît-il, mit le feu à la maison une nuit d'été. La maison était en ruine, elle le fit pour toucher l'assurance, et enfin la faire réparer, *ré-no-ver* (un gros mot, comme *ré-prou-vé*). J'avais cinq ans, mon frère et moi dormions à l'étage à l'époque. Je me rappelle qu'on me porta dehors dans mon pyjama de fantôme, et qu'on me laissa debout de l'autre côté de la rue, sur la pelouse du voisin qu'on n'avait jamais rencontré. Planté là, je regardai brûler notre maison, puis les ombres produites par l'incendie, tel l'un de ces prisonniers de la caverne de Platon. Ce n'est que des années plus tard que j'appris que ma mère l'avait déclenché, son copain du moment me le raconta, celui qui m'avait parlé de sa tentative de suicide juste avant — ou peu après — ma naissance. L'histoire fit sens à mes yeux, ce qui ne veut pas dire que c'était vrai (non pas que notre maison ait pris feu, mais qu'elle y ait mis le feu). Si c'est vrai, cela pourrait expliquer pourquoi, depuis ce jour, le destin nous poussa vers les sirènes, pourquoi toute maison en flammes exerçait une telle force sur nous; peut-être croyait-elle pouvoir dire, en regardant dans les yeux les rescapés sortant de la maison, si c'était ou non une escroquerie. Ou peut-être voulait-elle seulement s'assurer que tous les enfants étaient dehors, indemnes.

L'allégorie de la caverne vient d'un rêve qu'a fait Platon. Dans son rêve, des prisonniers, enfermés dans une caverne depuis l'enfance, sont enchaînés de telle sorte qu'ils ne peuvent détourner le regard du mur en face d'eux. Ils ont même la tête fixée, par quelque moyen, dans cette direction. Derrière les prisonniers, dont certains sont encore des enfants, se trouve un passage, un peu surélevé, le long duquel les gardes ou leurs assistants font des allées et venues en transportant divers objets. Derrière le passage brûle un feu, en continu, un grand feu illuminant les objets, dont les ombres se projettent à leur tour sur le mur, que les prisonniers peuvent contempler. L'objet peut bien être anodin, tel un bouquet de carottes, son ombre, elle, est terrifiante : pourrait être celle d'un couteau. Ou une pomme pourrait être un rocher susceptible d'écraser les mains d'un homme. Ou les testicules de son fils. Une jarre de lait pourrait contenir de l'acide, si tout ce que l'on voit, ce que l'on peut voir, n'est qu'ombres. Les gardes grognent et reniflent, les bruits se répercutent contre le mur, donnant aux prisonniers l'impression d'émaner des ombres mêmes. Et n'oubliez pas le feu, qui ajoute encore un bruit, leur chauffe le dos, trop peut-être, et emplit la caverne de fumée, ce qui rend la respiration pénible. Cela doit être un peu comme l'enfer, dont les créatures silencieuses transportent des formes menaçantes, tandis que vous avez la tête immobilisée par des sangles, bien que l'origine de cette allégorie se situe bien longtemps avant que nous n'ayons mis au point notre concept moderne de l'enfer.

(2001) Quelques jours après la chute des tours, le vice-président (le numéro deux, dont certains prétendent que c'est le numéro un) fait une déclaration télévisée : *Il nous faut aussi agir, disons, du côté obscur, si vous voulez... il sera vital pour nous d'utiliser tous les moyens à notre disposition, somme toute, pour atteindre notre objectif.*

Quelques semaines après l'invitation du vice-président à rejoindre le côté obscur, un certain Ibn al-Shaykh al-Libi est envoyé en Égypte par les États-Unis, dans le cadre d'un programme secret nommé « reddition extraordinaire » (euphémisme pour « kidnapping sponsorisé par l'État » ou « surenchère de torture »). Là, au cachot, il prononcera un mensonge sur des armes chimiques, sur Saddam et Oussama, mensonge proféré sous la torture, et qui sera plus tard utilisé pour justifier une guerre. Un an plus tard, le secrétaire d'État, qui jusque-là incarne, aux yeux du plus grand nombre, un degré d'intégrité supérieur à la moyenne, répète ce mensonge. Il réitère aux Nations unies, sur une scène mondiale, le mensonge selon lequel il dispose de preuves, quasi incontestables, qu'Oussama a transmis des armes chimiques à Saddam, et que Saddam dispose de missiles capables de frapper l'Europe en quinze minutes. Le secrétaire d'État, en un geste théâtral inédit, brandit même une petite fiole de poudre blanche et déclare que si c'était de l'anthrax, il y en aurait assez pour tuer toute la population de Londres.

Ce qui serait vrai – si c'était de l'anthrax – mais cette vérité potentielle est enfouie sous un mensonge tangible. La plupart le croient quand il annonce l'échec des inspections menées par les Nations unies, et l'urgence d'agir. Je le crois, quelque temps, jusqu'à ce qu'on découvre qu'un document, relatif au même mensonge, faisant référence à l'achat d'une substance au nom bizarre de « yellowcake[1] », est un faux grossier. Plus tard seulement sera-t-il révélé que le mensonge de départ, reliant Oussama à Saddam, et qui nous a engagés dans une guerre si longue, a été obtenu sous la torture.

Si Platon m'avait vu debout devant ma maison en flammes dans mon pyjama de fantôme cette nuit d'été, hypnotisé par les ombres, qu'aurait-il dit ? Qu'aurait-il dit s'il m'avait vu pétrifié devant les trois Stooges, se tabassant jour après jour ? Quelle intuition aurait-il eue en me voyant planté dans un Best Buy de Broadway devant toute une rangée de téléviseurs, à regarder tomber la première tour, alors que j'aurais simplement pu me tourner vers le sud et la voir en vrai ? Dirait-il que j'étais prisonnier des apparences du monde, et incapable d'en pénétrer l'essence ? Dirait-il que mes yeux avaient du mal à s'adapter à la lumière ? On lit souvent *l'allégorie de la caverne* comme évoquant la perception, les processus qui nous conduisent à croire que les ombres sur le mur, qui nous terrorisent ou nous divertissent, sont réelles. Mais comment sommes-nous

1. Concentré d'uranium, qui représente une étape intermédiaire dans le procédé d'obtention de combustible nucléaire à partir du minerai d'uranium.

arrivés dans cette caverne ? Comment avons-nous fini, heure après heure, jour après jour, par regarder fixement des ombres sur un mur ? Et pourquoi ne détournons-nous pas simplement les yeux ?

john doe

Parfois le matin, au réveil, tu te sens habiter pleinement ton corps, et tu sais qu'il n'y a que ça : l'air, la forme que ton corps imprime dans l'air, ta main, la peau qui recouvre ta main, l'air qui recouvre ta peau, la lumière qui emplit l'air, quelques couleurs dans la lumière, cette pensée unique, ce rêve qui se dissipe (c'est un rêve qui, une fois éveillé, te fait honte). Tu ne le racontes pas à la femme qui se réveille à côté de toi, cette femme que tu aimes, parce qu'il concerne une autre femme, que tu pourrais bien aimer aussi. C'est le rêve auquel il faut t'accrocher, c'est ton ombre qui parle, essayant à nouveau de te déconcerter. Parfois, si tu restes allongé, immobile, tu sens l'air qui pénètre chaque cellule de ton corps, parfois tu sens le sang circuler dans tes lèvres. Parfois, si tu ne bouges vraiment pas, tu sens tout ce réseau qui tremble.

(1988) C'est le début du mois de décembre, je suis au volant du camion des sans-abri, avec une femme que j'appellerai Kate. Elle est novice, c'est sa première nuit à

ce poste. Moi, je n'ai jamais eu la responsabilité du camion, mais ce soir c'est le cas. Il ne gèle pas, mais il fait froid, environ quatre degrés. C'est aussi l'anniversaire de la mort de ma mère, six ans plus tôt, et cette énergie sombre tourbillonne en moi. Cela fait presque deux ans que mon père est sans abri, et il m'est impossible de ne pas être obsédé par sa présence, quelque part dans la nuit, son corps recroquevillé, qui respire, ou pas.

Au bout de deux heures environ, nous passons devant un homme sur un banc, à la limite de Boston Common. Un Noir d'une quarantaine d'années, que je n'ai jamais vu, le regard fou, agité, sa veste posée par terre à côté de lui. On se gare, on sort, on s'approche. Il nous regarde, essaie de parler, il a la langue pâteuse, engourdie, et semble complètement ravagé. *Amigo*, lui dis-je, *et si on allait faire un tour au foyer, il fait trop froid pour traîner dehors*. Il dodeline de la tête, ou la secoue, marmonne des mots inintelligibles. Kate et moi échangeons un regard. Si Jeff était là, peut-être qu'on l'attraperait, tout simplement, pour le jeter dans le camion, à la *shanghai*, même si c'est risqué. Après tout, le camion est un petit espace clos, sans grillage séparant le conducteur de l'ivrogne. Tout peut arriver : il pourrait se mettre à se balancer, donner des coups, tout pourrait virer au cauchemar. Kate et moi restons debout l'un à côté de l'autre, de petits nuages s'élevant de nos bouches. Je décide d'essayer quand même, expose le plan à Kate. Elle ne semble pas convaincue, mais nous nous plaçons de part et d'autre, en murmurant, comme s'il s'agissait d'un bébé ou d'un chat, *Voilà, bon, on y va, il fait bien chaud dedans, on t'emmène dans un meilleur endroit, et après une bonne nuit, ce ne sera plus qu'un mauvais rêve.*

À la une, à la deux, et c'est parti. Mais il se met à agiter bras et jambes, avec de grands mouvements de tête, il s'écarte de nous, nous échappe, s'écrase par terre, se met en boule, sa chemise à présent remontée sur le torse. Génial. Maintenant, il est en plus mauvaise posture encore, allongé sur l'asphalte, peau nue exposée, battant toujours des bras. Agenouillés, nous essayons de l'empêcher de se frapper la tête contre le sol, le hissons de nouveau sur le banc, avant de nous éloigner. J'envoie Kate chercher deux couvertures, lui présente mes excuses pour l'empoignade, l'assure qu'on veut l'aider. Les mots sortant de sa bouche sont incompréhensibles. Encore un membre de la troupe des comateux doués de la parole, des trous de mémoire ambulants. Nous lui enroulons les couvertures autour des épaules, il se débat comme si c'était du papier de verre. Kate et moi nous regardons, indécis. La nuit est froide, il y en a bien d'autres à voir. Nous lui disons que nous repasserons dans une demi-heure pour vérifier comment il va, et tandis que nous partons en camion, les couvertures glissent sur le sol.

Une heure plus tard, Kate me rappelle que nous devrions passer voir notre John Doe[1] avant de quitter le quartier de Downtown Crossing. Il m'était complètement sorti de la tête, délogé par la dizaine d'autres sans-abri abordés ensuite. Délogé par les bonnes vibrations qui passent entre Kate et moi. J'ai rendez-vous avec un thérapeute pour la première fois le lendemain, et j'en ai parlé à Kate. En passant de nouveau devant Park Street Station, nous le voyons, maintenant étalé par terre, et plus aucune trace des couvertures. Je me

1. L'homme de la rue américain, le Monsieur-tout-le-monde.

gare à côté de lui, descends, le secoue par l'épaule, attends qu'il émette un murmure incohérent, agite bras et jambes. Rien. Pas de réaction. J'essaie de lui frotter le sternum avec les poings, de lui enfoncer un bouchon de stylo sous l'ongle du pouce. Rien. Je me rends soudain compte que je n'ai pas la moindre idée de ce que je suis en train de faire. Je cherche le pouls, lui enfonce les doigts dans le cou, comme je l'ai vu faire à la télé. Un pouls distant, faible, ou peut-être rien, je ne sais pas, je ne suis pas sûr. Je dis à Kate d'appeler le 911, « un homme à terre, qui ne respire plus ». On est avant l'invention du téléphone portable, nous n'avons qu'un petit poste de radio qui nous relie à l'accueil du foyer, d'où ils appellent le 911. Je ne sais même pas faire de massage cardiaque, ou alors je ne me rappelle pas par où commencer, et de toute façon avec un pouls même minime je ne suis pas sûr de devoir commencer. Pas sûr, oui, mais en suis-je certain ? Une ambulance arrive en dix minutes — chose étonnante — et les secouristes en sautant du camion demandent depuis combien de temps il est par terre. Ils lui prennent le pouls, déchirent aussitôt sa chemise pour exposer son torse à la nuit. L'un d'eux a déjà sorti le défibrillateur et en déroule les câbles. Un secouriste enduit le torse de John Doe d'une substance poisseuse tandis qu'un autre frotte les plaque de métal l'une contre l'autre (*comme une mouche se lavant les pattes*, me dis-je). Puis celui qui tient les plaques crie *Go !* comme à la télé, pressant les plaques contre les côtes de John Doe, dont le corps décolle de terre comme sous l'effet d'un coup de pied (*Go go go*), une oreille contre le torse après chaque décharge. Puis rien d'autre. Ils le sanglent sur une civière qu'ils fourrent à l'arrière de leur camion et décampent, nous laissant, Kate et moi, les yeux baissés sur les couvertures que nous lui avions placées sur les épaules une heure plus tôt.

Le lendemain je me rends à la morgue avec Joy, qui travaille au foyer depuis des années et connaît tout le monde, mais même pour elle il n'est que John Doe.

Le lendemain de sa mort, après ma visite à la morgue, je rencontre le thérapeute. Le rendez-vous a été pris il y a de ça des semaines. C'est une pure coïncidence qu'un homme soit mort sous mes yeux quelques heures plus tôt, et que ce soit l'anniversaire du suicide de ma mère. En guise d'introduction, le thérapeute me demande ce qui se passe, pourquoi je suis là. Je lui parle de l'anniversaire, de mon père à la rue depuis deux ans, de l'ami qui vit avec moi, Richard, diagnostiqué séropositif un an plus tôt, de mon immeuble exclusivement peuplé de junkies, de la fin proche de ma relation amoureuse, qui dure depuis dix ans, et maintenant de ce putain de John Doe, encore en vie, puis mort l'instant d'après. Je lui ai parlé, j'ai pris une décision, je suis reparti en camion. Je me suis penché contre Kate, m'éloignant de lui du même geste.

Le thérapeute sourit, secoue la tête, demande si je pense qu'il fait des miracles. Je lui souris. Quelques jours plus tard, je découvre que l'hypothermie, dans sa forme la plus extrême, ressemble à l'ivresse.

chanson de travail

Voici ta ration de jours, dit Dieu.
Si tu ne crois pas en Dieu, tu reçois quand même ta ration. Tu passeras certains jours à faire l'amour, à planer, à lire *Ulysse*, tu en passeras d'autres seul. Tu en passeras autour d'une table, un repas à venir, un bol de riz fumant, du chou sauté. C'est l'anniversaire de quelqu'un, que tu connais depuis dix, non, vingt ans. À ta droite, une femme avec qui tu as couché il y a sept ans, à l'époque tu pensais que ça marcherait peut-être, mais ça n'a pas marché. En face de toi, la femme avec qui tu es à présent, et à ce moment-là ce pourrait être pour toujours, quel que soit le sens de ces mots.
Certains des jours que tu as reçus en partage seront passés dans une ville inconnue, et à la fin de la journée tu te rendras compte que tu n'as parlé à personne sauf à la fille qui t'a servi ton café, personne d'autre. Il y aura toujours des jours tels que celui-ci.

horror vacui

(1988) Après la mort de John Doe, les autorités du foyer décident que nous devons tous suivre une formation au massage cardiaque. On nous propose aussi un atelier « Mort et mourants », quoique facultatif. De cet atelier, je me rappelle que l'animatrice nous demande d'écrire une liste des dix choses les plus importantes dans notre vie. La liste peut inclure des personnes, des objets, des choses que nous aimons faire, un souvenir marquant. Elle nous laisse quelques minutes pour faire la liste, nous parle un peu de la mort, *mourir est un processus*, dit-elle, *dont la mort est le terme. Ou alors, c'est un seuil, si telle est votre foi.* Quand on meurt, nous dit-elle, il nous faut renoncer une par une à ces choses si précieuses que nous croyions indispensables à notre quotidien. Aussi nous fait-elle barrer trois éléments de la liste, ceux que nous pouvons abandonner d'abord, parce qu'on ne peut avancer, vers la fin, en gardant tout. Je regarde ma liste. Avec le sentiment qu'on se joue de moi. J'ai déjà dû condenser ma vie pour la réduire à ces dix objets, et voilà qu'il faut condenser encore. En marmonnant, je barre Paris, la photographie, ma camion-

nette. L'animatrice nous laisse parler à notre voisin de ce que nous venons d'abandonner. Dorénavant, je devrai me déplacer partout à vélo, je n'irai plus jamais à Paris, je devrai vivre avec les photos que j'ai déjà prises. *Maintenant*, dit l'animatrice, *barrez-en trois autres*. Pourquoi tant de haine ? Je barre l'océan. Le foyer. Mes compagnes, passées et futures. Plus que quatre éléments : mes amis (j'ai déplacé ma copine du moment vers cette catégorie), l'écriture, mon corps, l'unique photo que je possède de moi avec ma mère. Je suis au désespoir. L'animatrice nous en fait barrer deux de plus. Dieu vengeur, là c'est un vrai dilemme. Si je barre mon corps, puis-je continuer à exister ? Sans amis pour me rattraper quand je tombe ? Saurai-je garder l'image de ma mère sans la photo, moi dont la mémoire est si défaillante ? Si je ne peux plus écrire, y aura-t-il encore un sens à quoi que ce soit ?

Dix ans plus tard, je commence à écrire mon livre sur les sans-abri, mais passe sous silence que j'ai tué un homme. « Tuer » : le terme est fort, soit ; je n'ai pas mis le pied sur la tête de John Doe pour la maintenir sous l'eau, mais c'est pourtant le sentiment que j'en ai gardé au fil de mes errances, pendant des années.

protée (sciamachy)[1]

Depuis que nous avons envahi l'Irak, quand je donne une lecture, j'inclus souvent un poème de Saadi Youssef, juste pour accueillir une voix irakienne dans la salle avec nous.

Amérique, nous sommes les morts.
Que viennent tes soldats.
Que tous ceux qui ont tué ramènent leurs victimes à la vie.
Nous sommes les noyés, gente dame.
Nous sommes les noyés.
Que vienne l'eau.

Fanny Howe a écrit :

Ce qui me préoccupe depuis quelque temps, c'est l'étonnement, perçu comme une manière

1. SCIAMACHY est l'abréviation de *Scanning Imaging Absorption Spectrometer for Atmosphere Chartography*. Il désigne un système de détection multispectrale qui, depuis six ans, analyse la chimie de l'atmosphère de manière permanente.

d'aborder chaque jour qui passe aussi bien que mon œuvre...
Dans une prière musulmane, on trouve ces mots : « Seigneur, fais croître mon étonnement. »
Cette prière m'appartient autant qu'à l'être étrange, quel qu'il soit, qui dit « je » dans mes poèmes, et apparaît sous les noms les plus divers dans mes fictions, où l'erreur, l'errance et l'étonnement sont les forces principales qui esquissent une histoire...
L'étonnement fait sauter le verrou du dualisme (soit l'un, soit l'autre) *pour s'ouvrir à l'espace infini* (ni l'un, ni l'autre).

L'étonnement comme manière d'aborder chaque jour qui passe. Ma terreur à l'idée d'être père, d'avoir une fille n'est pas facile à cerner, ne tient pas à la menace d'un hypothétique maniaque qui la kidnapperait. C'est la terreur de ne rien éprouver en posant les yeux sur elle. Que son apparition ne change rien à rien. D'être incapable de l'accueillir, d'entrer dans cette vie, de m'engager. De monter en voiture, un jour, pour m'éloigner d'elle, de moi, et oublier. Ma peur a toujours été une peur de moi-même, de mon ombre. « Protée » n'est peut-être qu'un autre mot pour dire « ombre », celle qu'on traîne derrière soi à chaque pas, sauf quand on marche dans le noir, et qu'on devient soi-même ombre. Alors la question n'est plus de comprendre comment Protée peut savoir ce qui vous terrifie le plus, mais comment on peut en arriver à ne plus reconnaître nos peurs les plus enfouies, les plus intimes : *que vienne l'eau.*

QUATRE

istanbul

(2007) Inez et moi résidons à L.A. pour les quelques mois de tournage d'une nouvelle série télévisée dans laquelle elle joue (Inez est actrice). Pendant les semaines d'enregistrement, elle change d'apparence, subtilement d'abord, puis de façon indéniable. Les scénaristes envisagent de lui attribuer un désordre alimentaire, pour finalement opter pour la grossesse.

En août, je m'envole pour New York, où une autre compagnie aérienne m'emporte vers Paris, puis Istanbul. C'est loin, je sais — à mi-chemin entre l'Europe et l'Asie — mais tout de même, je ne m'attendais pas à trois jours de voyage, ce qui ne serait pas arrivé si l'avion au départ de L.A. n'avait pas manqué de carburant en vol. Je ne m'étais jamais retrouvé à bord d'un jet à court de carburant. Cela me rappelle mes seize ans, où je mettais pour cinquante cents d'essence dans mon réservoir et filai au drugstore. On fait halte à Rochester pour le plein, une « halte », annonce le pilote, mais sept heures plus tard nous sommes toujours cloués au sol, et j'ai raté ma correspondance.

J'ai été invité à Istanbul par une avocate qui rassemble des témoignages d'ex-détenus d'Abou Ghraib. Elle monte un dossier contre deux compagnies américaines qui auraient tiré profit des tortures. Quand j'en ai entendu parler, j'ai cherché à prendre contact avec elle. L'affaire pourrait donner lieu à un procès. C'est pour ça qu'elle m'a invité, avec une poignée d'autres artistes, consciente de la nécessité de diffuser l'information par un grand nombre de voies non conventionnelles, sans se limiter au tribunal. Maintenant, quand on me pose la question, je réponds parfois que je me suis rendu à Istanbul pour témoigner, même si à l'époque j'étais assez perplexe quant à mon rôle. Assis à une table, j'ai pris des notes et, de retour en Amérique, j'ai raconté ce que j'avais entendu. Le temps de rentrer chez moi, il restait deux semaines avant la naissance de ma fille.

istanbul (rêve, réalité)

Quand j'atterris à Istanbul, je suis tellement épuisé par le décalage horaire que dans le taxi qui me conduit à l'hôtel j'ai presque des hallucinations. On passe devant des hommes en sous-vêtements qui nagent dans le Bosphore, devant des champs de pique-niqueurs du dimanche étalés au soleil, sur des étoffes richement ornées. Les bruits de la circulation, un muezzin, une chanson pop à la radio : tout appelle à la prière.

Le taxi me dépose à l'hôtel Armada. Ayant accompli les formalités à la réception, je demande où sont les avocats et, quelques minutes plus tard, je frappe à la porte de la chambre 223. Après de brèves présentations, je me retrouve assis à côté d'un homme qui raconte comment il a fini sur une photo, que j'ai déjà vue souvent, que le monde entier a vue. Une photographie, c'est comme une maison : une fois faite, on commence à compter les jours, puis les années écoulées depuis. Il m'a fallu un moment pour ajuster ma vue à la lumière. *Dites-moi ce qui s'est passé ensuite*, chuchote l'avocate.

J'ai rêvé de cette pièce avant de m'y trouver. Dans mon rêve, elle avait la taille d'une grange, et incluait six cellules séparées par des murets montés à la va-vite. Dans chacune, une chaîne vissée au sol, rien de plus qu'un gros boulon vraiment, dont je craignais qu'il ne soit pas assez solide. Il devait être assez solide pour retenir un homme. Aussi solide que les chaînes que j'avais vues sur les photos, scellées dans le sol. Les cellules étaient sombres, vides, avant l'arrivée des prisonniers. Je songeai à laisser une bougie, un briquet, mais me dis que l'homme s'en servirait pour mettre le feu à ses chaînes, ou à lui-même, ou à la grange tout entière. Dans mon rêve, je finis par laisser la bougie et le briquet dans un coin, et si l'homme pouvait les atteindre, s'il savait chercher, advienne que pourrait.

Je découvre une pièce absolument quelconque : bien éclairée, moquettée, une chambre d'hôtel comme on en trouve dans toute grande ville. On a enlevé le lit, mis une table à la place. L'avocate est assise à cette table, face à l'ex-détenu. Un autre avocat est assis à côté d'elle, et retranscrit la conversation sur un ordinateur portable. Le traducteur se trouve en bout de table, entre l'avocate qui pose les questions et l'ex-détenu. Un artiste est présent aussi, assis à l'écart, près de la fenêtre, qui peint un portrait à l'aquarelle dans un grand cahier, dont les pages sont pliées en accordéon. Quand il ne peint pas le portrait, il remplit les blancs autour des têtes peintes avec des bribes de ce qui est dit. Le siège à côté de l'ex-détenu est vide, je m'y installe, mon carnet de notes ouvert.

métamorphose

Quand j'étais plus jeune, j'ai travaillé quelques années pour des gangsters, qui donnaient essentiellement dans le trafic de drogue, bien qu'il y ait eu une histoire de kidnapping, et de cadavre retrouvé dans le coffre d'une voiture. Ma mère sortait avec l'un d'eux. Il disparaissait deux ou trois fois par an et revenait deux mois plus tard, plein aux as. Après le lycée, quand il devint clair que je n'allais nulle part, il me trouva un job sur les quais, à décharger des bateaux de pêche. J'imaginais qu'on m'entraînait pour faire un coup, conduire un bateau jusqu'en Colombie, le ramener plein de marijuana, ce qui était sans doute le cas. Rien de plus simple : j'avais grandi dans la dèche, nous l'étions toujours, et ces gangsters, nos amis, avaient trouvé un moyen de nous en sortir.

Des années plus tard, quand je viens vivre à Brooklyn, j'habite avec un artiste, David, qui devient l'un de mes meilleurs amis. David, lui, a grandi dans l'opulence. Au bout de quelques années de camaraderie, je lui parle de ma jeunesse gâchée, de mes projets criminels, qu'il a du mal à digérer, surtout le fait que j'ai conscience de m'être mis dans une position où je pourrais avoir à porter une arme, c'est-à-dire à l'utiliser. *Impossible*, me dit-il, *tu ne ferais jamais ça.* J'essaie de lui expliquer que je n'en étais pas fier, que je n'aurais pas *voulu* en arriver là, mais à l'époque, à dix-huit ou dix-neuf ans, j'étais prêt à me mettre dans une position où cela *aurait pu* arriver.

Ce que j'essayais de lui dire, sans doute, c'est que j'ignore en quoi je pourrais me transformer. À dix-neuf ans, j'étais conscient des conséquences de ma présence sur un bateau chargé de marijuana, ou du fait de porter une arme, mais il n'empêche qu'une partie de moi-même était prête à le faire malgré tout, du moins à l'envisager. Pourquoi ? Comme l'a dit un John Lennon fictif, dans une version romancée de sa vie, quand on lui demande comment il a réussi pendant tant d'années à se malmener : *Ben j'étais désespéré, c'est tout.*

istanbul (le car-du-bonheur)

Vous avez dû voir la photographie de l'homme nu traîné hors de sa cellule par une certaine England, qui le tient en laisse. Appelons-le Amir. C'est la troisième fois que les avocats le rencontrent. La première fois, c'était à Amman, en Jordanie, où il leur a parlé des années passées à Abou Ghraib. La deuxième, six mois plus tôt, à Istanbul, une équipe de médecins l'a examiné, confirmant ce que disent ses cicatrices. Cette fois, il va parcourir les dossiers contenant les photographies désormais infamantes, pour identifier qui et ce qu'il peut. Sur le mur, derrière lui, un tableau montre une scène du passé de la Turquie : paons et lions qui déambulent ensemble dans le jardin d'un sultan, sous la surveillance d'un esclave à la peau noire.

Amir était un homme d'affaires qui attendait l'envoi de climatiseurs venus d'Iran quand la CIA a forcé la porte de sa chambre d'hôtel et l'a arrêté. Il avait alors un peu moins de trente ans. Quand arrive la photographie de lui traîné en laisse, il s'arrête. *Je me souviens de cette nuit-là*, dit-il. *Je me souviens de tout*. Puis il nous raconte l'histoire. L'avocate ne quitte pas son visage des yeux tandis qu'il parle. Elle répète doucement *Et alors, que s'est-il passé ? Et ensuite ?* tandis qu'il raconte qu'on a traîné son corps de pièce en pièce, de cellule en cellule.

Cela fait à peine un an qu'on l'a relâché. Les soldats ont appelé ce jour de libération « le jour du car-du-bonheur ». *Demain tu embarques dans le car-du-bonheur*, lui ont-ils dit. Aujourd'hui, un an après, il secoue la tête en regardant ces photos de lui : *Je n'arrive pas à me reconnaître en cet homme*, dit-il. *Et vous ?*

deux chiens

Deux chiens vivent en moi, me dit une femme au Texas, *et celui que je nourris grandira.* Elle me dit ça pour m'expliquer son refus de prendre un café avec moi, jamais. Mariée, des enfants, heureuse, mais parfois son esprit divague, et elle se dit qu'un autre homme, celui qui la regarderait avec tendresse, et semblerait l'écouter, est la réponse, bien qu'elle ne sache pas trop quelle est la question. Le problème, c'est que son mari fait tout ça pour elle : il l'écoute, se montre attentionné, il la désire, tout va pour le mieux.

Mais quand même, quand même, il y a deux chiens affamés.

Minute : cette femme a-t-elle dit que ses chiens avaient faim ? Mais n'est-ce pas le cas de tous les chiens ? *Au pied, Ombre, au pied, Éros. Au pied, Thanatos, au pied, Lumière.* Celui qu'elle nourrit grandira, mais cela veut-il dire que l'autre va rapetisser ? Jusqu'à disparaître ? Les chiens qui vivent en elle viennent-ils d'un Pays des Merveilles comme celui d'Alice ? Se battent-ils en elle, les aime-t-elle tous les deux, se dit-elle parfois que si l'un mourait, ce serait plus facile ? Mais alors elle aurait en elle un chien et le cadavre d'un autre. À quoi bon, au bout du compte, avec tous les autres cadavres que nous finissons par traîner partout avec nous ?

istanbul (le verbe fait chair)

Vient un moment dans l'histoire d'Amir, comme dans toute histoire, où les mots ne suffisent plus, un moment où la seule façon de dire ce qui s'est passé est de nous montrer ce qu'ils ont fait à son corps. Alors il s'écarte de la table et se lève : *Ils me pendent comme ça*, dit-il, levant les bras sur le côté, comme crucifié dans l'air. De le voir debout ainsi, le corps soudain dressé, me perturbe au plus haut point. Il y a quelque chose dans son geste qui rend les mots réels, d'une réalité qu'ils n'avaient pas auparavant. Alors je comprends. Ces mots concernent son corps, c'est à son corps qu'est arrivée l'histoire, ce corps qui se tient juste là, à côté de moi, dans cette pièce que je pouvais à peine imaginer hier seulement, son corps qui emplit l'air au-dessus de nos têtes, nos yeux levés pour le voir. Amir se tient là, debout, bras en croix, le scribe n'a rien à écrire, le peintre rien à peindre, l'interprète rien à interpréter. L'avocate le regarde droit dans les yeux, tous ses mots ont conduit à ce moment, où son corps peut parler enfin. L'avocate secoue discrètement la tête. *Et alors, que s'est-il passé ?* dit-elle d'une voix douce, il baisse les bras et se rassied.

toutes les choses vivantes ont des épaules

(1996) Durant mes quelques années de travail en tant que poète itinérant dans les écoles publiques de New York (Crown Heights, Harlem, le sud du Bronx), chaque matin j'embarquais une pleine sacoche de livres dans le train. La majeure partie de mon enseignement visait à découvrir ce que les élèves voyaient au quotidien. C'était une façon de rendre hommage à leur vie, comme on le fait rarement au collège. Les premiers exercices étaient tout simples : racontez-moi une chose que vous avez v ue en venant au collège ce matin. Puis une chose que vous avez vue hier soir en rentrant chez vous. Décrivez quelque chose que vous voyez chaque jour, une chose que vous n'avez vue qu'une fois et qui n'a cessé de vous préoccuper depuis. Racontez-moi un rêve, une histoire que vous avez entendue, quelque chose que vous n'avez jamais dit à personne auparavant. Personne, du moins à l'école, ne leur avait demandé à quoi ressemblait leur vie, personne ne leur avait demandé de raconter leur quotidien. En ce sens, mon geste semblait radical. J'essayais d'imaginer ce qui pourrait se passer si chacun prenait conscience de l'importance de sa vie.

Dans les établissements où j'intervenais, je ramassais parfois une feuille de papier en boule dans le couloir, sur laquelle des mots étaient écrits par un élève qui déchirait ensuite la page de son cahier. Parfois je voyais qu'on lui avait donné un travail à faire, qu'il avait essayé de s'en acquitter, et la page déchirée témoignait de son sentiment d'échec. De tous ces fragments éphémères qu'au fil des ans j'ai ramassés, en me courbant, sur le linoléum vert et blanc des écoles élémentaires, l'un ne m'a pas quitté. Ce devait être un morceau de rédaction, en biologie sans doute. Il commençait par une déclaration générale, censée introduire, j'imagine, des exemples pour l'étayer. Cette phrase, tracée en caractères bien nets tout en haut de la page, était la suivante : *Toutes les choses vivantes ont des épaules*... Après plus rien, pas même un point, comme si tout en écrivant il s'était rendu compte que quelque chose clochait, qu'il n'arriverait jamais à démontrer ce qu'il commençait à peine à dire, que jamais aucun exemple ne le justifierait. Toutes les choses vivantes ont des épaules... le premier mot est énergie pure, ce « Toutes » qui n'exclut rien, suivi du battement de cœur inscrit dans « vivantes » : qui ne s'emplirait d'espoir en trouvant pareil début ? Puis un glissement s'opère, avant de plonger dans l'incertitude : « choses », léger faux pas, sans gravité réelle, encore rattrapable, mais pas facilement. Il faut dire quelque chose à présent, un genre de conclusion, j'entends presque le professeur, je vois presque ce qu'elle a écrit au tableau : « Aller du général au spécifique », et quoi de plus général que « Toutes les choses vivantes », quoi de plus spécifique que « des épaules » ? Il se relit une fois, sait qu'on ne peut les réconcilier, et bannit donc l'essai de son cahier. *Toutes les choses vivantes ont des épaules* : cet unique vers ne m'a pas quitté depuis, et j'ai essayé d'en faire un poème, inlassablement, et j'ai échoué, immanquablement. J'en suis venu à croire que c'est déjà un poème.

Toutes les choses vivantes ont des épaules. Point final. Un poème.

istanbul (les américains)

Parfois, dans le silence qui sépare une question, la traduction par l'interprète et la réponse, le seul bruit est le tintement du pinceau que l'artiste nettoie dans un verre d'eau. Au bout de quatre heures, nous avons fini de passer en revue les photos avec Amir, nous sommes tous complètement vidés. Comme nous nous levons pour le remercier, il fouille dans son sac, en tire un appareil photo. L'objet paraît si déplacé dans ses mains. Il demande à l'interprète de nous faire aligner contre un mur, vers lequel il fait signe. Un peu gênés, nous gagnons tous un angle de la pièce, nous nous regroupons devant le tableau d'un hammam. Amir lève l'appareil à hauteur d'œil et sourit : *Vous voyez, il n'y a pas que les Américains qui aiment prendre des photos.*

immersion (piscine d'hôtel)

Nage, jusqu'à ce que le monde se change en eau, nage jusqu'au centre de la piscine, entraîne-toi à flotter, à te noyer, lève les bras au-dessus de la tête, laisse ton corps couler. Considère cela comme un entraînement. Quand ils viendront, ils ne pourront pas faire grand-chose à ton corps. Nage jusqu'à l'échelle, et accroche-toi le temps de reprendre ton souffle, laisse tes bras pendre derrière toi, comme des ailes, puis lentement enfonce-toi dans l'eau. Derrière toi, tes bras se lèvent à hauteur d'épaule, puis d'oreille : un peu plus haut, et ils se brisent. Personne ne te force à faire ça, tu le fais parce que tu as entendu dire qu'on le faisait à d'autres. Sombre plus bas et tu vas signer des aveux, donner des noms, dire tout ce qu'ils voudront. Mais quand ils vérifieront ton histoire, ce ne sera que de l'eau, qui leur glissera entre les doigts. Au bas des aveux, tu signeras du nom de « Bird », l'oiseau, parce que c'est ce à quoi tu penses, ainsi pendu, les bras en arrière. *Toutes les choses vivantes ont des épaules*, songes-tu, suspendu.

CINQ

l'esprit du singe

Pour certains bouddhistes, durant l'errance dans le *bardo*, ce royaume entre la vie et la mort, on rencontre les manifestations physiques de ce qui nous terrorise le plus. Elles ne cessent d'apparaître devant nous, c'est notre dette karmique, et seuls ceux qui ont reçu la lumière pourront marcher sans peur. Certains croient que la lumière vient au moment de la mort, de la même façon qu'elle vient souvent à la naissance. Cependant, la plupart d'entre nous passons le temps qui nous a été imparti, notre poignée d'heures, notre cuillerée d'années, à planer entre ces deux pôles, troublant les eaux. *L'esprit du singe*, comme certains l'appellent. *Samsara.*

(2007) À Istanbul, durant la collecte de témoignages, nous avons demandé à chaque ex-détenu de décrire la pièce dans laquelle on l'a torturé. Chaque homme a regardé autour de lui : *Cela ressemblait à cette pièce*, ont-ils répondu. *Il y avait une table, un ordinateur, toujours quelqu'un derrière moi.* À quoi ressemblait la personne qui vous torturait était la question suivante, et

le détenu me regardait, puis l'artiste, les deux seuls hommes blancs dans la pièce, et le montrait du doigt, ou moi : *Il lui ressemblait*, était la réponse.

D'une certaine façon, nous étions des ombres pour eux.

Un soir, au dîner, dans un restaurant, Amir m'a demandé si j'étais marié, si j'avais des enfants. Cela fait des années qu'on me pose la question, chaque fois que je voyage, et on me regarde avec un genre de pitié quand je réponds non. *Mon premier enfant va naître en janvier*, dis-je à Amir. *Une fille*. Il plisse les yeux, sourit, comme si je venais juste de sortir du flou.

deux fois

(1986) Une diseuse de bonne aventure (peut-être lisait-elle dans les étoiles), une amie d'ami, pose des cartes de tarot pour former un motif sur une pièce de brocart. Nous sommes sur le quai Captain Jack à Provincetown, l'eau à nos pieds est aussi noire qu'un miroir. Longuement, elle observe les cartes, puis me demande ma date de naissance et l'heure à laquelle je suis né. Je n'en sais rien, ne l'ai jamais su, pour une raison que j'ignore, cela ne figure pas sur mon certificat de naissance. La diseuse de bonne aventure me dit avoir vu dans les cartes quelque chose sur ma mère, qu'il me fallait savoir, et que l'heure de ma naissance l'aiderait. Cela aurait un sens. Autant que je le sache, elle ignore tout de ma mère. Je pensais que c'étaient des sornettes (trois heures de l'après-midi ? dix heures du matin ?) mais je ne pus m'empêcher de me demander ce qu'elle m'aurait dit si j'avais connu l'heure de ma naissance.

Quelques semaines plus tard, je rêve que je suis dans la salle d'attente d'un hôpital, une femme qui pouvait être ma mère assise à l'angle opposé, détournant les yeux, regardant la ville par la fenêtre. Lointaine, à peine là. Comme dans les rêves, je me suis approché, lui ai touché l'épaule. Elle s'est tournée vers moi, c'était bien elle, j'en aurais pleuré. Je lui ai dit *Il faut que je sache à quelle heure je suis né*, et elle m'a répondu lentement *Tu es né deux fois, d'abord à cinq heures du matin, puis de nouveau deux jours plus tard.* Elle s'est alors retournée vers la fenêtre et n'a plus rien dit.

l'inventeur du canot de sauvetage

Chaque Noël, ma mère invitait un copain, parfois celui qu'on avait déjà vu l'année passée, parfois un autre. Le copain nous achetait deux ou trois cadeaux, à mon frère et moi, et donnait à Noël, ma foi, des allures de Noël. Chaque copain, eût-on dit, était comme un canot de sauvetage, il n'y avait qu'à se hisser à bord, ou se laisser hisser. Par définition, un canot de sauvetage est temporaire. Il vous tire de la tempête, mais pas question d'y vivre.

(2003) Rentré de Rome depuis quelques mois, je vis de nouveau à Provincetown, *la dernière station*, comme l'appellent les locaux. L'un de mes endroits préférés, peut-être sur la planète, est Hatches Harbor, un bras entre deux plages, dans lequel s'engouffre l'océan à marée haute pour emplir les bas-fonds d'eau de mer qui ensuite chauffe au soleil. On peut plonger dans les eaux peu profondes même une fois gonflées, nager à contre-courant, ou simplement se laisser flotter au soleil, à demi immergé. L'idéal est d'arriver quand la marée descend,

que l'eau se retire à toute vitesse, emportant votre corps dans la force invisible du courant. À l'embouchure, il y a un rapide, un reflux, qui vous entraîne à une trentaine de mètres dans la baie ouverte si vous n'avez pas le réflexe de nager de toutes vos forces, à travers le courant, pour regagner la rive.

Anna et moi n'avions l'un de l'autre qu'une connaissance périphérique, nous avions échangé des mails pour parler de poésie, et à un moment donné elle m'avait dit qu'elle passerait quelques jours au Cap, nous avions donc organisé un rendez-vous. Je lui offris même de l'héberger si besoin. Nous passâmes notre première journée ensemble à marcher sur les dunes à marée haute, pour aller nager dans ces baïnes. En chemin, nous parlâmes des relations dans lesquelles nous étions engagés, et de nos doutes. Elle s'apprêtait à s'installer avec son copain, qu'elle fréquentait depuis six ans, et une part d'elle-même sentait qu'elle allait commettre une terrible erreur. Ma copine d'alors, la dramaturge, était restée à Rome pour l'été. Je confiai à Anna mes doutes quant à ma capacité à retrouver cette femme dans l'éternité. Peut-être chacun d'entre nous savait-il que ces histoires n'étaient que des versions courtes d'histoires plus vastes, destinées à justifier ce que nous faisions à cet instant (*lui prendre la main, se hisser, se laisser hisser*). En arrivant au bord de l'eau, nous plongeâmes, nos corps emportés sans effort vers l'embouchure.

Ce soir-là, de retour à la maison, après dîner, nous fîmes durer la soirée jusqu'au moment de nous dire bonne nuit, puis gagnâmes nos chambres respectives. Mais nous laissâmes la porte ouverte entre nous, pour continuer à parler, depuis nos lits, jusqu'à ce que l'espace entre les mots s'agrandisse, et que, dans le silence, l'un de nous appelle, *Tu dors?* L'autre répondit *Je n'y arrive pas.* L'un demanda *Tu as froid?* L'autre répondit *Oui.* Et *oui* fut le mot qui me conduisit jusqu'à son lit. Je gravis l'échelle menant à la mezzanine, soulevai la couette, son corps allongé là, vêtu de mon tee-shirt, un bout de sous-vêtement qui dépasse, ses yeux, et en me glissant tout près d'elle, l'espace entre nous s'emplit de chaleur, et nous restons allongés, silencieux à présent, tandis que les minutes passent.

quelques faits sur l'eau

1. Les poissons ont une mémoire de trois secondes, puis ils oublient.

2. En Antarctique, il faut bouger en continu seulement pour rester au même endroit.

3. Tout ce qui nage dans l'océan finit par couler et pourrir au fond.

4. L'océan ne renonce jamais à infiltrer votre bateau.

Ces faits, rassemblés au hasard, ces données, que tu as enregistrées, continuent, pour une raison ou une autre, de s'agiter dans ta tête. La fonction du cerveau est de filtrer 93 pour cent de ce qui est absorbé, ce qui, là aussi, n'est qu'un simple fait.

En voici un autre :

Les derniers mots écrits par ma mère, sa dernière pensée, peut-être, ont été *Les autres se connaissent tellement plus longtemps.* Si je vous l'ai déjà dit, veuillez me pardonner (*samsara*), avant la fin je vous le répéterai sans doute. En revanche, je ne vous ai pas dit (ou l'ai-je fait ?) ses premiers mots, sa première phrase, sur ce même billet écrit avant son suicide : *Je ne sais pas pourquoi j'ai choisi ce jour pour commencer.*

Je ne sais pas pourquoi j'ai choisi ce jour pour commencer.

Première pensée, meilleure pensée.

Étrange verbe que ce « commencer », dans ce contexte.

Première pensée, dernière pensée.

Si je vous dis que ma mère avait un problème avec les analgésiques, qu'elle travaillait de nuit comme serveuse dans un bar, qu'elle sortait avec un gangster, qu'est-ce qui vous vient à l'esprit ? Si je vous dis que les cachets étaient pour la migraine, qu'elle travaillait aussi dans une banque, qu'elle n'a jamais manqué un jour de travail, que j'ai grandi avec le sentiment d'être aimé par elle, qu'aujourd'hui encore parfois je retrouve l'ancien gangster pour déjeuner quand je suis à Boston, ces faits correspondent-ils toujours à l'idée que vous vous faites d'elle ? Si je dis que peu m'importe que vous ayez d'elle une image claire ou non, que même si je parvenais par quelque moyen à la ramener parmi nous, à vous faire asseoir en face d'elle, pour lui poser vos questions, vous n'auriez toujours aucune idée de qui elle était. Je l'ai à peine connue, et pourtant je l'ai connue complètement. Quand j'étais plus jeune, j'attendais, éveillé, qu'elle rentre du travail, j'attendais dans son lit. Je dormais quand elle rentrait, elle éteignait la télévision, me poussait d'un côté du lit, et au matin je me réveillais à côté d'elle. Si c'était dimanche, j'allais dans la cuisine lui cuire des œufs, et si elle avait mal aux pieds, je les lui massais pendant qu'elle mangeait. Le week-end, parfois, nous allions à Boston, à l'exposition féline ou florale, d'autres week-ends jusqu'à Newport, flâner sur les terrains des grandes demeures. Il nous arrivait de nous rendre à la maison de son père, la grande maison, pour déjeuner, et le matin, parfois, elle restait au lit, avec la migraine, et alors je mettais le volume de la télévision au plus bas, lui proposais de lui masser les tempes. Un après-midi, nous allâmes à Boston avec mon frère pour voir *Monty Python Sacré Graal* au Beacon Theater, qui était presque vide à part nous. Tandis que les lumières déclinaient, ma mère se mit à rire, à cause d'une bêtise dans le générique, et elle ne s'arrêta plus, puis se mit à rire si fort que mon frère et moi changeâmes de place, jusqu'au balcon, et chacun de nous trois continua à rire seul dans son coin, dans cette sombre salle de cinéma, les yeux pleins de larmes.

Je lisais *Paradis perdu* quand ma mère est morte. J'achevais ma première année à l'université, et durant quelques jours, peut-être des semaines, j'errais sur le campus tel un fantôme. J'avais l'impression que mon corps était emprisonné dans une bulle, dont j'avais grand-peine à repousser les parois (*L'esprit est à soi-même sa propre demeure; il peut faire du Ciel un Enfer, de l'Enfer un Ciel*). Cela semblait relativement bénin : à l'intérieur de cette bulle, je me sentais soudain en parfaite sécurité, parce que rien ne comptait vraiment. Cette sensation bénigne était causée en partie par la drogue (de l'*automédication*, comme je disais). *Entretien à la marijuana.* Le monde rendu simple. Certains jours, je vous jure que je n'avais qu'à penser à une personne pour qu'elle apparaisse devant moi. Si je me sentais seul — ce qui était le cas tous les soirs —, je n'avais qu'à frapper à la porte d'une amie, me présenter, et toutes m'invitaient à entrer. Bien sûr, il y avait beaucoup de choses que je ne pouvais pas faire. M'endormir par exemple. Me réveiller. Ressentir quelque chose. Cesser de tout sentir. Donc, chaque soir, je couchais avec quelqu'un, quelqu'un d'autre, une autre amie. C'était facile, d'introduire mon corps dans celui d'une autre. *On a l'air doués pour ça*, songeais-je, planant à un petit mètre au-dessus du lit. Après la mort de ma mère, j'avais encore un corps, mais c'était un corps impénétrable, inutilisable. J'étais là, debout devant vous, mais de façon temporaire : pensez au serpent, qui abandonne sa peau derrière lui, une peau qui ressemble à un serpent d'abord, jusqu'à ce qu'on marche dessus et qu'elle tombe en poussière. Puis, après de nombreuses années désincarnées, une femme m'a rendu mon corps. *Doucement*, disait Inez, *vas-y doucement. Ne jouis pas si vite*, disait-elle, *reste un peu avec moi.*

écho

Un jour, vous vous surprendrez à répéter quelque chose que vous avez dit jadis à une ancienne compagne : *Je ne suis pas en état de voir qui que ce soit*, ou *Ce n'est la faute de personne si ça ne marche pas entre nous.* Un jour, vous vous entendrez dire ces mots à une nouvelle compagne ; vous pensez peut-être que ça la mettra à l'aise, comme ça semble avoir mis l'autre à l'aise, et peut-être était-ce même vrai. Ou alors une partie de vous pressent peut-être que ça ne durera pas toujours, et vous ne voulez pas être responsable des peines de cœur que ça pourrait (que vous pourriez) entraîner. Ou peut-être est-ce seulement votre ombre qui parle, qui une fois de plus vous trompe et vous fait croire que ce que vous dites est réel.

(2003) Après notre première journée passée ensemble, après avoir nagé dans les baïnes, après cette nuit unique passée ensemble, finie dans le même lit, Anna rentra à Brooklyn. Elle s'installa avec son copain, tandis que je restais dans la petite station balnéaire.

Nous nous parlions au téléphone dès que possible, mais j'essayais de lui (de me) donner de l'espace pour mieux voir ce dont j'avais (ce dont elle avait) besoin. Vers la fin de l'été, elle me rendit une nouvelle visite avant de retourner à Brooklyn. Son copain lut son journal intime, découvrit que nous avions couché ensemble, et ils se séparèrent. Dans les semaines qui suivirent, j'attendis avec impatience le moment où elle me parlerait, où nous nous reverrions. J'allais la voir chaque fois que je me rendais à Brooklyn, me présentais à sa porte après minuit. Elle m'ouvrait en robe de chambre, me faisait entrer.

Je passe la fin de cet automne dans ma maison victorienne délabrée, au nord de l'État, juste à temps pour célébrer l'anniversaire de la mort de ma mère et mettre un terme à ma relation avec la dramaturge. Assis dans ma ruine récemment acquise, sur la moquette orange à poils longs, avec aux murs les lambris bon marché, je me demande ce que j'ai fait, et je soupçonne d'avoir commis une énorme erreur. Anna m'a invité au Mexique avec elle, mais je lui ai dit, je me suis dit, que j'avais besoin de temps seul. Une semaine plus tard environ, j'invitais tous mes amis, et nous dormions à vingt dans la maison, sur des canapés et des matelas pneumatiques. J'installai un sapin, préparai un grand dîner, et plus tard dans la soirée nous faisions une immense bataille de boules de neige. Le pire est derrière nous, me dis-je.

En janvier, je m'envole pour le Texas, pour entamer mon premier semestre d'enseignement. Anna et moi parlons au téléphone tous les deux jours environ, nous nous rappelons ce que nous avons lu, vu, et à un moment donné je lui demande si elle se touche et elle répond que oui. *Je ferai tout ce que tu veux*, lui dis-je chaque fois.

En mai, à la fin du semestre, je reprends le chemin du nord, et retourne à la maison. Avec les fenêtres ouvertes, la moquette arrachée, les lambris ôtés des murs, elle a moins l'air d'un tombeau. L'arrière-cour est envahie de lis tigrés. Je sens l'espoir revenir. On est en mai : tout au monde est beau en mai. Pour la première fois, je m'imagine passer du temps ici, dans cette partie du monde, dans cette maison. Elle pourrait être superbe, cette vie. Une fois par semaine environ, je vais voir Anna à Brooklyn. Je ne suis toujours pas en état de voir qui que ce soit, pas complètement, et elle semble toujours le comprendre. De retour au nord, j'embauche un ami charpentier, Philip, pour m'aider à transformer la maison. Comme il arrive quand un projet traîne en longueur, de semaines en mois, Philip et moi passons de plus en plus de temps ensemble. Un soir, en dînant chez lui, je rencontre Inez. Sans qu'aucun de nous le sût, Caroline, la compagne de Philip, avait vu quelque chose en moi lors de notre rencontre, et pensé à Inez. Le dîner de ce soir-là avait été arrangé.

le point délicat

(2004) J'appelle Inez deux jours après l'avoir rencontrée. Je l'invite au théâtre, à New York, voir une pièce écrite par un ami et dans laquelle il tient la vedette, un one-man-show intitulé *Le point délicat.* Plus tard dans la soirée, de retour chez elle, nous évoquons notre désir respectif d'avoir, ou pas, des enfants. Je tiens le même discours que d'habitude : j'ai toujours imaginé qu'un jour j'aurais un enfant, je serais père, mais c'est dur de voir quand, ou d'imaginer à quoi ce jour ressemblera. Nous nous embrassons un peu, mais je lui dis que ma vie sentimentale est plutôt compliquée en ce moment, et que ce n'est peut-être pas idéal de se précipiter dans quoi que ce soit. Nous nous embrassons encore. Nous ne nous sommes pas demandé s'il était envisageable d'avoir des enfants ensemble, mais la question n'était pas exclue.

Pendant des années, je me suis dit que je pouvais vivre n'importe où, un an ou deux. Que je pouvais être heureux (ou malheureux) partout. Quand je me rends dans une nouvelle ville, j'essaie de m'imaginer y vivre, et j'y parviens toujours. Quelque chose en moi fait la même chose avec les femmes ; je me représente une femme nouvelle comme une ville nouvelle, dans laquelle je peux demeurer quelque temps, puis comme un endroit où me rendre à l'occasion. Je saurais m'y retrouver — pas besoin de carte — mais je ne voudrais pas vraiment y vivre non plus. Et un enfant ? Un enfant n'est pas comme une ville, ni même comme une femme. Pas moyen de se contenter de visites épisodiques.

maîtresse yin

(2006) Un ami de San Francisco est en ville pour quelques jours, je lui demande s'il veut m'accompagner voir une pièce, une réécriture d'*Ulysse* intitulée *Ville morte*. Elle est donnée dans un théâtre nommé le Chien à 3 pattes, non loin du gouffre où s'élevait jadis le World Trade Center. Nous nous retrouvons à côté de Ground Zero, déambulons un moment pour tuer le temps avant le spectacle, échangeons des nouvelles. Quand nous tournons au coin d'une rue, pour prendre une autre rue tout aussi ordinaire, il s'arrête, pris d'excitation. *Attends*, dit-il, *je suis déjà venu dans ce quartier. Maîtresse Yin habite juste là, elle a le meilleur donjon de la ville.*

Quelques jours plus tard, j'assiste à un événement organisé par lui, une lecture dans le centre-ville visant à collecter des fonds pour financer les démocrates aux prochaines élections, en concentrant l'effort sur des joutes serrées dans l'Ohio, l'Arizona et en Pennsylvanie. Quand j'arrive, mon ami est près du bar, en pleine conversation avec une femme qu'il me présente comme Yin. Comme elle me serre la main, mon ami se rappelle :

Tu sais, je t'ai parlé de Yin, crie-t-il pour couvrir le bruit, *et de son donjon.*

Enchanté, dis-je, en lui tenant toujours la main. Les yeux clairs, tenue modeste, une très belle femme, d'apparence étonnamment ordinaire, me dis-je, mais à quoi m'attendais-je donc ? *J'aimerais voir votre donjon un jour*, lui dis-je, peu assuré du sens de mes propos.

Pas de problème, répond-elle, me regardant droit dans les yeux, *passez quand vous voulez.*

Quelques minutes plus tard, j'entends Yin prononcer le mot « torture ». *Je suis en train d'écrire sur la torture*, dis-je dans un sursaut, en l'interrompant.

Pas ce genre de torture, dit-elle, avant de se détourner.

histoire d'o

Dans *Histoire d'O*, roman français sadomasochiste, le *O* du titre est l'abréviation du prénom de la narratrice (Odile), mais on l'a aussi interprété comme signifiant le rien, le zéro, le vide. Un code, un trou, un sexe. *O* est la première lettre du mot « objet » et par là, selon certains, elle signifie la femme-objet. Je l'ai acheté il y a vingt-cinq ans, juste après la mort de ma mère, puis il me fallut douze ans pour enfin l'ouvrir. À présent, il reste sur mon bureau, fermé de nouveau. Peu après que je l'ai lu, il y a treize ans maintenant, on a révélé l'identité de l'auteur et, si ma mémoire est bonne, c'était la compagne ou la maîtresse d'un homme marié, très haut placé dans le milieu littéraire. Elle avait écrit ce livre pour le séduire, le retenir, alors qu'il semblait sur le point de renoncer, et, paraît-il, ça a marché. Dans *Histoire d'O*, une femme s'efface, ou se laisse effacer, par amour pour un homme.

Voici une chose à laquelle j'essaie de ne pas trop penser :

Dans le corps du billet écrit juste avant son suicide, sur la deuxième ou troisième page, ma mère se décrit comme « une vraie *Histoire d'O* ». Cela reste un mystère pour moi, en tout cas en partie. Ma mère, comme je l'ai dit, a eu plusieurs copains dans mon enfance, j'ai rencontré la plupart d'entre eux, en ai aimé beaucoup, mais elle n'affichait pas sa vie sexuelle, ses *prédilections*. En ce qui concerne le côté sadomaso, aucune trace dans ce que j'ai pu voir de ses relations, mais à l'évidence beaucoup de ce qui fait une relation se déroule dans l'intimité. Je ne possède que cette unique référence à un livre dans les dernières lignes qu'elle ait jamais écrites, faible lueur qui continue de titiller ma conscience (comme mon inconscient), mais une lueur de quoi ?

Histoire d'O s'ouvre sur O conduite par son amant jusqu'à un pavillon dans la campagne des environs de Paris. Une fois arrivés, elle subit la torture et le viol, auxquels elle finit par se soumettre. Je viens de relire ce début, et me suis trouvé surpris que ce texte ne soit pas plus consensuel, conformément au souvenir que j'en avais gardé. Dès le départ, O est contrainte, et certes elle finit par se soumettre, mais sous la menace. Dans son ensemble, le livre est plein de tension, d'érotisme, et incroyablement déprimant. Quand je l'ai lu la première fois, j'y ai vu à la fois une parabole et une critique du catholicisme. O reprend certains concepts catholiques – la mortification de la chair, la crucifixion comme amour – et les pousse jusqu'à leurs conclusions logiques. O est amoureuse, son amant lui demande de se sacrifier, jusqu'à ce qu'à la fin du livre on la traîne en laisse lors d'une soirée, nue avec seulement un masque de plumes.

Voici une autre chose à laquelle j'essaie de ne pas trop penser :

En faisant l'amour, Anna voulait parfois que je la malmène, mais je ne le pouvais pas, pas vraiment, pas comme elle le voulait, pas longtemps. Une nuit elle mit mes mains sur sa gorge, avant d'appliquer ses mains sur les miennes, me comprimant les doigts jusqu'à ce que je la fasse suffoquer. Asphyxie érotique. *California dreaming*, roulette du halètement. Je savais ce que c'était, mais cela me troublait, ou peut-être était-ce une sensation plus proche de la terreur (*Protée, écoute, c'est ça qui me terrorise : comment es-tu arrivé là, comment y arriveras-tu ?*). Je dégageai mes mains, lui embrassai les yeux, en murmurant *Ton corps est si précieux, si précieux*, un Gollum contrit. Nous n'en avons jamais parlé, et maintenant je le regrette. Je voulais que chacun suffise à l'autre, sans nous faire plus de mal que nous ne nous en faisions déjà, et que nous allions bientôt nous faire.

Dans les dernières pages d'*Histoire d'O*, peut-être la dernière, O demande à son amant de la tuer, ou de la laisser se tuer, je ne sais plus s'il — ou elle — le fait ou non. Je crois me souvenir d'une alternative finale, mais je ne me rappelle pas si les deux versions figurent dans le texte, ni laquelle des deux j'ai lue. Et je ne me sens pas prêt, pas encore, à l'ouvrir de nouveau, à y entrer de nouveau, pas complètement.

Je ne sais pas pourquoi j'ai choisi ce jour pour commencer.

J'ouvre le livre, et le repose.

protée (dissous)

(2004) C'est la première année où tout le monde me dit que j'ai l'air différent, l'air d'avoir mon âge. *Tu étais un chiot*, me dit une femme, *maintenant tu es un chien*. J'ai réussi à dépasser l'âge de ma mère, la dernière année qu'elle ait pu atteindre, soit l'âge qu'avait mon père quand il est entré dans sa première banque pour la dévaliser. Je pense à toutes ces choses, sans les dire. Mais cette seule pensée suggère que j'imagine la vie simplement comme une pièce pleine de cartons, l'un portant l'inscription Verres, l'autre Papiers, une année indiquée au marqueur sur chacun. Cartons d'avis d'imposition, de vieilles lettres d'amour, il faut bien qu'une année soit la dernière, et l'année suivante plus de carton, plus d'année griffonnée sur le côté.

La dernière chose que je dirai du billet écrit par ma mère avant son suicide (même moi je n'y crois pas, que je puisse ne plus en parler) est qu'elle l'a écrit deux fois. Je veux dire qu'elle a commencé, puis s'est ravisée, ou alors ce qu'elle avait absorbé n'a pas suffi à éteindre toutes les lumières. Aussi, deux semaines plus tard, elle reprit la plume, après avoir encore absorbé des cachets et avoir marché jusqu'à Peggotty Beach, où elle se trouva incapable de se jeter dans l'océan. Je sais tout cela car elle l'a écrit dans sa lettre. De retour à la maison, elle reprit la plume, prit peut-être encore des cachets, car plus elle écrivait, plus son écriture se brisait, tandis que les cachets commençaient à se dissoudre, à s'infiltrer partout dans son corps, rendant ses mots, dans les dernières pages, difficiles à déchiffrer. Debout au bord de l'océan, elle a retrouvé son chemin jusqu'à la maison, elle a dû le retrouver, car c'est là que mon frère l'a découverte.

SIX

la pluie n'est que chute

(2007) La date prévue n'est qu'une estimation, une approximation (*Maintenant elle peut arriver à tout moment*, nous dit le médecin). Déjà manifeste, sa main qui s'agite contre la peau tendue du ventre d'Inez, mais pour moi, d'une certaine façon, elle reste profondément abstraite. Un jour, bientôt (du moins l'espérons-nous), elle va se frayer un chemin jusqu'à ce monde, ouvrir les yeux, respirer, pleurer, mais au-delà, je ne sais strictement rien. Je n'ai aucune idée de ce qui se passera alors. Deviendra-t-elle soudain réelle pour moi ? Une chose jusque-là inconnue fleurira-t-elle à l'intérieur de mon corps ? Pour le moment, j'ai l'impression d'avoir entamé une lente ascension sur des montagnes russes, la voiture grimpe la colline branlante, avant la chute. Aussi, pour le moment, quand je ne lis pas les retranscriptions d'Abou Ghraib — les soldats qui exécutaient les ordres, l'homme tenu en laisse, les fournisseurs de l'armée qui aimeraient que tout ça soit un peu plus professionnel —, je lis ce que je peux sur les enfants. *C'est joie d'être caché, désastre de ne pas être trouvé*, comme me le rappelle Winnicott.

La semaine suivant mon retour d'Istanbul, je participe à une retraite méditative avec Thich Nhat Hanh, moine et enseignant vietnamien. Je suis ses cours par phases (à vrai dire peu fréquentes) depuis maintenant dix-huit ans. La retraite consiste pour nous à rester assis avec lui en silence, à l'écouter quand il parle, mais je finis par parler plus que je ne m'y attendais. L'objet de mon groupe de discussion dharma est la dépendance, et une poignée d'accros dont je fais partie grimpe dans un grand érable chaque après-midi pour parler dans les branches jusqu'au coucher du soleil.

Selon Thich Nhat Hanh, c'est une erreur de dire « la pluie tombe », ou « le vent souffle ». *Qu'est la pluie si elle ne tombe pas ? Qu'est le vent s'il ne souffle pas ? La pluie n'est que chute, le vent n'est que souffle.*

Le lendemain, dans l'arbre, je reviens sur ses propos.

Il parle d'impermanence, dit quelqu'un.

C'est la raison pour laquelle nous grimpons aux arbres, propose un autre, *pour nous rappeler que, jadis, nous étions des singes.*

éclairs, étang

(2004) Au début de ma relation avec Anna, je la préviens qu'il est vraisemblable que je sorte avec d'autres filles, et au début de ma relation avec Inez, je lui dis pour Anna. Cartes sur table, c'est mon idée. Au bout de quelques mois de relation avec Inez, au téléphone, je fais une tentative maladroite, tout en embardées, de maintenir une situation claire, je dis à Anna que je vais chercher une amie (Inez) à la gare, et qu'elle restera pour le week-end. Anna me demande si c'est une de mes aventures. *Oui*, est ma réponse. Anna garde longtemps le silence. Je lui demande si ça va, et elle répond *J'ai peur de me faire du mal.* Sur le moment, je n'accorde guère d'attention à ses mots, pas de façon consciente, non que je les prenne à la légère, mais parce qu'ils plongent si profondément en moi. C'est ma façon d'évoluer dans le monde, avec cette peur que l'être aimé va partir, va mourir, et que ce sera de ma faute. Peut-être ses mots m'ont-ils fait ce qu'ils font parfois, peut-être ont-ils enclenché l'interrupteur qui, en moi, lance la bande, et qui murmure sans relâche, *Tu peux la sauver*, et sans relâche, *Tu n'échoueras pas cette fois*. Ou alors

ses mots ont enclenché un autre interrupteur, celui qui lance l'autre bande, celle qui murmure, *Vas-y*. Celle qui siffle, *Tu ne me manqueras pas*.

Une nuit, ce mois d'août-là, je fais un rêve. Je suis dans un tribunal bondé, en plein procès, sur le banc des accusés. On juge quelqu'un, avant que je ne sois jugé, je ne me rappelle pas si sa peine est légère ou s'il est condamné à mort. Juste après, c'est mon tour. Le juge demande si on doit me maintenir en résidence surveillée ou m'envoyer deux jours en prison. Je dis que je devrais aller en prison, et toute la salle explose en applaudissements prolongés, j'ai dit ce qu'il fallait, tout le monde sait que je mérite d'aller en prison. Un ami est condamné après moi, lui aussi choisit la prison, pour faire comme moi. Le rêve prend fin sur ma peur d'avoir commis une erreur, ma peur de la violence qui nous attend.

Tandis que l'été se change en automne, je passe une semaine à Provincetown. Comme l'océan devient trop froid, je me déplace en voiture quotidiennement jusqu'au lac. Un jour, alors que je me déshabille sur la rive, sous un ciel qui ne cesse de s'assombrir, j'entends un grondement lointain. J'entre dans l'eau, le grondement enfle. J'avais besoin du calme que la baignade d'ordinaire m'apporte, j'espérais apaiser le raffut qui m'occupe l'esprit, et au lieu de ça je me retrouve à imaginer une tempête, avec des éclairs, et la foudre s'abattant sur l'eau. Je m'imagine cherchant à regagner l'autre rive à toute allure, et ce qui se produira si je n'y parviens pas. Je me demande à quelle distance elle doit frapper pour que je la sente, mais je sais que, quel que soit le point d'impact, elle me trouvera. Imaginer la foudre s'abattant sur un lac que vous êtes en train de traverser à la nage, ce n'est pas comme acheter un fusil, ni même imaginer l'acheter, mais où est vraiment la différence ? Je nageai jusqu'au bout, sans m'arrêter.

Je me présente à la porte d'Anna encore deux ou trois fois cet automne, même après ma tentative, brusque et maladroite, de faire preuve d'honnêteté. *Que fais-tu là ?* demande-t-elle, avant de prendre mon corps entre ses bras. Nombre des rencontres fugaces de l'année suivante ont eu lieu dans des villes différentes, seuls tous deux dans un appartement ou un autre, seuls dans des chambres d'hôtel étonnamment familières, ensemble ou alors nous parlant au téléphone après minuit. Si la bande passait toujours dans ma tête, je ne l'entendais plus. *Je ferai tout ce que tu voudras.*

la ville invisible

Le premier livre que j'ai possédé, le premier dont je me souvienne, était un livre d'images, *Le singe magique*, vieille légende chinoise adaptée par un prodige de treize ans, Plato Chan, et sa sœur, Christina. Le singe de l'histoire, dans mon souvenir, est paumé, perdu, il erre sans but, et essaie de retrouver le chemin de sa maison. Il se débrouille pour entrer dans l'enceinte d'une école et se découvre des pouvoirs magiques, de transformation (il peut se changer en arbre, en oiseau, en chute d'eau), mais chacune de ces transformations a un prix, et crée une complication. L'arbre prend racine, la chute d'eau s'écoule, l'oiseau doit sans cesse voler. Je reconstitue tout ça de mémoire. Le livre est sur une étagère mais j'ai peur de l'ouvrir, et j'ai peur que son emprise sur moi ne s'avère ténue, ridicule, superficielle.

(2002) À Rome, de mois en mois, je me suis battu avec la structure du livre sur mon père (*Il avait déjà l'eau, et n'avait plus qu'à découvrir les jarres*). À un moment donné, j'ai étalé tous les chapitres sur le sol de

la terrasse, les quatre-vingt-trois au complet, et les ai disposés comme le plan d'une ville imaginaire. Certaines des piles, dans mon imagination, formaient des immeubles indépendants, d'autres s'agglutinaient en quartiers, d'autres encore offraient des espaces non construits. Aux franges, bien sûr, se trouvaient les bâtiments anciens, à l'abandon, délabrés. L'espace entre les piles marquait les routes, les ruelles, les passages piétons, les cours d'eau. Les ponts menant à d'autres quartiers, ceux menant à l'extérieur de la ville. Je les parcourais, nommant chaque immeuble (tour-de-l'homme-qui-prétend-ne-pas-être-sans-abri), chaque quartier (les hauteurs, les basses terres, la vallée des noms perdus), chaque passage (chemin-de-ceux-qui-affichent-une-enfance-heureuse). Ainsi je pus me rendre compte s'il était possible de se retrouver dans le livre, si le plan que j'étais en train de créer avait un sens, si c'était un endroit où l'on aimerait passer du temps. Si l'on pouvait y errer, si l'on pouvait s'y perdre.

Un matin, peu après avoir atterri à Rome, je me réveille malade, grippé apparemment. Il me fallait sortir acheter du jus de fruits et du Tylénol, puis rentrer me coucher. En traînant les pieds, je traversai les rues de la cité de papier. Quand je sortis dans le vrai couloir, la porte se referma derrière moi, et c'est alors que je sus que j'avais laissé mes clés à l'intérieur. J'avais mon téléphone portable, mais il était encore tôt, et le propriétaire — un ami à présent — ne serait pas réveillé avant des heures. Au café, je pris un jus de fruits, laissai quelques messages, et finis par m'endormir sur un banc sur la Piazza Vittorio. La ville que j'avais construite, en forme de livre sur mon père sans abri, était bouclée dans l'appartement dont j'avais perdu la clé. Je m'éveillai pour découvrir un groupe d'écoliers qui me passèrent devant d'une allure martiale. L'un d'eux demande à son professeur : *Perché quell'uomo dorme fuori ?*

inconnu, connu

(2005) Quand j'ai acheté la maison au nord de l'État, un ami m'a dit que ma vie en serait changée. *Tu vas posséder une parcelle de la terre*, dit-il. *Tu te sentiras comme enraciné.* Mais ça ne s'est pas passé ainsi, pas pour moi. Bien sûr, j'appréciais la façon dont la clématite étranglait l'érable, et j'aimais qu'aucune des poignées de porte ne soient assorties, mais mon incapacité à rester en place, que je tenais de naissance, ne faisait que croître au fil de mon séjour dans cette maison. Enraciné ? Je finis par ne rester dans la maison que pour y travailler, puis je partais. L'idée de posséder une parcelle de la terre ne signifiait rien pour moi. Je savais que si un jour je quittais cette maison pour ne jamais revenir, je m'en souviendrais à peine. Je ne me suis jamais autant déplacé que lors de ces deux premières années en tant que propriétaire : je n'étais que vapeur, je n'étais qu'air, je n'étais nulle part.

Inez y passa une nuit — l'une des rares nuits où je restai dans la maison — et au matin, en quête de crème pour son café, elle se rendit en voiture au drugstore local. Avant de partir, debout dans la salle à manger, elle me demanda si j'avais besoin de quoi que ce soit, me dit qu'elle serait de retour dans une minute. Une minute plus tard, quand je levai les yeux, elle était toujours là, mais ce n'était pas elle, c'était Anna. À l'aube, elle avait pris le volant depuis Brooklyn, et était entrée quand elle avait vu sortir Inez.

Tous deux les larmes aux yeux, elle me demanda si j'étais amoureux d'elle.

Je vous aime toutes les deux, répondis-je.

Un jour, il vous faudra trouver une histoire sur une ancienne maîtresse, pour tenter de comprendre, d'expliquer, pourquoi ça n'a pas marché. Celle à côté de qui vous vous réveilliez, en rêvant d'une autre. Celle qui refusait de vous prendre dans sa bouche. Qui voulait vous faire promettre de la retrouver dans l'éternité. Qui se mettait en colère contre vous un jour sur deux. Celle qui se détruisait lentement. Qui avait deux autres copains. Qui avait laissé pour vous sur la table de chevet une photo Polaroid d'un autre homme, debout, nu, son sexe en érection dans la main. Puis viendront d'autres histoires étonnantes, sur des filles avec qui ça aurait dû marcher mais pourtant non. Celle dont vous aviez juré que vous iriez la repêcher au fond de l'océan pour la ramener à la vie d'un baiser. Celle qui continue de combler chacune de vos cellules quand vous entendez Macy Gray chanter *I Try*. Celle auprès de qui vous avez eu le sentiment qu'on vous connaissait, enfin.

Quoi que je puisse dire d'autre du temps passé avec Anna, j'ai eu avec elle le sentiment qu'on me connaissait, peut-être pour la première fois. Qu'on me *connais-*

sait ? Ce que cela signifiait pour moi, si je devais le définir, c'est que quand nous étions ensemble, il me semblait pouvoir traîner une part de mon ombre dans la lumière, surtout cette part qui n'était jamais sûre de sa prochaine respiration. Les chambres que nous avions partagées devenaient un espace où j'avais pu révéler l'obscurité que je portais en moi, ce poids qui devait être traîné jusqu'à la lumière, sans quoi il me ferait couler. Le problème — peut-être — était que nous partagions ces instincts obscurs (*Éros d'un côté, Thanatos de l'autre*). Peut-être qu'au bout du compte notre connaissance manquait de perspective, et nous courions seulement le risque de nous faire finalement couler l'un l'autre. *La solitude de Dieu et son besoin de se faire connaître sont à l'origine de la Création.* Se faire connaître : plus tard seulement me suis-je rendu compte que c'était l'expression employée par mon père dans la première lettre qu'il m'adressa, et l'expression employée par ma mère dans la dernière lettre qu'elle adressa à quiconque la lirait. *Les autres se connaissent tellement plus longtemps* : ce furent ses derniers mots, les derniers que sa main ait touchés, les dernières pierres lâchées dans ce puits si profond. *La violence du sentiment divin d'isolement ébranla les cieux d'un spasme de procréation, formant des mots qui se changèrent en choses.* Puis elle posa le stylo, prit son fusil — *là, une balle* —, des mots se matérialisèrent. La violence du sentiment divin d'isolement.

SEPT

lave

Un ami raconte cette histoire, peut-être apocryphe : quand il vivait à Hawaï, il y avait eu une éruption volcanique, et après l'explosion initiale, qui avait détruit le sommet de la montagne et tout ce qui l'entourait, la lave avait continué à suinter lentement, durant les quelques mois suivants, si lentement que l'on pouvait marcher jusqu'au mur de lave, poser la main dessus, en ressentir la chaleur. Quelle en était la hauteur ? Pas loin de sept mètres, j'imagine. D'une hauteur telle qu'il faudrait pencher la tête en arrière pour voir le ciel. La ville dans laquelle séjournait mon ami se trouvait en contrebas, et avait été épargnée par l'explosion. Mais la lave ne cessait de s'écouler. Les scientifiques débarquèrent, pour calculer sa trajectoire, prédire combien de temps il lui faudrait pour atteindre le village, marquer les maisons qui seraient englouties les premières sous cette vague au ralenti. Certains prétendaient que ça valait mieux qu'un déluge, mieux qu'un incendie : la lave vous laisse le temps d'emporter ce à quoi vous êtes le plus attaché, et même de tout emporter, si vous en avez les moyens. Vous pourriez même emporter la maison tout entière, si vous en avez les moyens, mais j'imaginais alors une île de petite taille, un village adossé à la mer, la seule option étant d'arracher la maison à ses fondations pour l'embarquer sur un radeau et la faire flotter jusqu'à l'île la plus proche. Je voyais chaque jour les habitants s'approcher du mur de lave, poser la main dessus, espérant qu'il allait ralentir, tarir, ou s'arrêter, tout simplement.

baiseur de chèvre

(2003) L'issue de la crise actuelle est déjà déterminée, notre président nous l'assure, quelques mois avant que nous n'envahissions l'Irak. Tant de certitude, semble-t-il, est l'un des traits qui attirent ses admirateurs. Durant les premiers mois de la guerre, cette formule devient mon mantra (cynique) : *l'issue de la crise actuelle est déjà déterminée.* Je déteste emporter cette déclaration partout avec moi, me la murmurant à moi-même. Je hais le sentiment d'autosatisfaction qui m'envahit chaque fois qu'un acte de violence ou qu'un signe de chaos à Bagdad semble apporter un démenti au Président et à ses certitudes. Jusqu'à ce que je commence à me demander si, peut-être, la violence et le chaos ne sont pas précisément l'issue visée.

(2005) Après ma lecture de son livre prônant la torture, Sam Harris et moi, photographiés tout sourire en train de nous serrer la main, menons par mail une correspondance qui dura un an environ. Un jour, je lui demande s'il connaît la blague du baiseur de chèvre :

> *Un homme fait faire le tour de son village à un étranger, montre du doigt l'église :* Vous voyez cette église ? J'ai construit ces murs de mes propres mains, j'ai déterré les pierres de mes propres champs. *L'étranger lève les yeux sur l'église, en admire l'ouvrage.* Mais vous croyez qu'on m'appelle William le bâtisseur d'église ? *Ils marchent encore un peu, s'arrêtent devant l'école. William la montre du doigt :* C'est moi qui ai rassemblé les fonds nécessaires pour changer le toit de cette école, j'ai travaillé des semaines entières sans être payé, mais vous croyez qu'on m'appelle William le sauveur de notre école ? *William secoue la tête.* Mais quand vous baisez une chèvre...

Je fais remarquer à Harris que *La fin de la foi* est admirable à plus d'un chef, mais, comme le pauvre baiseur de chèvre, il suffit qu'il prône rien qu'une fois la moindre petite torture... Sa certitude quant à l'efficacité de la torture pour obtenir des informations exploitables me surprend, tant elle semble reposer sur une foi aveugle, alors que son livre s'élève ostensiblement contre cette foi. L'artiste d'Afrique du Sud William Kentridge s'adresse ainsi à ce genre de certitude :

> *Affirmer la nécessité d'incorporer l'ambiguïté et la contradiction dans l'art et la politique ne signifie pas que l'on cesse de reconnaître et de condamner le mal. Toutefois, cela pourrait prévenir la conviction absolue de la certitude de*

ses propres solutions. Il faut avoir une pleine conscience de la faillibilité et des conséquences parfois désastreuses de la certitude et de l'autoritarisme.

L'issue de la crise actuelle est déjà déterminée.

le compte à rebours est la vraie bombe

Disons que vous êtes soldat en Irak, en poste dans une prison militaire. Vous vous retrouvez membre de la Police Militaire, un PM, bien que vous n'ayez reçu aucune formation pour ça. On vous a dit de commencer à travailler les prisonniers qui se trouvent devant vous, pour les préparer à l'interrogatoire du lendemain. Vous recevez ces ordres de l'Intelligence Militaire, ou parfois d'espions de la CIA, d'autres fois encore de la part de fournisseurs civils, dont vous ignorez le nom et qui ne répondent à aucun. *Fais-leur passer une sale nuit*, vous a-t-on dit, alors vous vous exécutez, vous les déshabillez, les arrosez d'eau froide, les empêchez de dormir. La règle a changé, dit-on, on ne prend plus de gants. Il y a un type qui crie *Allah* chaque fois que vous lui mettez un coup de genou dans la cuisse. Ça devient un jeu de voir combien de fois on peut lui faire crier *Allah*.

Ou alors disons que vous avez reçu une formation d'interrogateur. On vous dit qu'un homme parmi les milliers qui se trouvent devant vous détient la réponse qui sauvera une ville américaine d'une attaque. Il pourrait s'agir de la ville où vivent votre femme et vos enfants, vous n'en savez rien et ne le saurez jamais. Vous entrez dans une pièce, un homme est pendu au plafond par les poignets, bras rabattus derrière le dos, un sac lui couvrant la tête. On vous a dit que le compte à rebours est lancé, et dans cette pièce on jurerait qu'on peut presque entendre le tic-tac. Vous ôtez le sac, prenez l'homme par le cou, le regardez dans les yeux.

Pour pouvoir continuer et vous accrocher, malgré vos doutes et vos peurs, il vous faut être certain de l'issue. Il vous faut écarter toute surprise, ignorer toute question autre que celle qu'on vous a demandé de poser. *L'issue de la crise actuelle est déjà déterminée.* C'est là le genre de certitude dont vous avez besoin pour continuer à vous accrocher aux prisonniers devant vous.

Imaginez ceci :

Vous n'avez même pas d'enfant, pas encore, mais en guise d'« examen de conscience » on vous demande ce que vous feriez si on kidnappait votre fille. Plus précisément, je vous demande ce que vous feriez si son kidnappeur — que vous avez, on ne sait comment, réussi à capturer, et qui se trouve à présent assis devant vous, dans une pièce aveugle, attaché à une chaise — refusait de vous dire où elle est cachée, refusait de répondre à votre question. Le compte à rebours est enclenché, vous dit-on — *tic tac tic tac* —, vous l'entendez ?

La pluie n'est qu'une chute, le vent un souffle.

Me voici donc avec, devant moi, le maniaque attaché à une chaise. Appelons-le Protée. On m'a dit qu'une bombe allait exploser, susceptible de faire des centaines, voire des milliers de victimes innocentes. Tandis que je m'accroche, lui posant ma question, attendant sa réponse, il se transforme : chien en laisse, homme dansant avec une culotte sur la tête, meurtrissure, homme fou, chute d'eau, cafard dans un bol de riz. Homme sanglé à une chaise, trente hommes sanglés à trente chaises, refusant de manger, trente tubes qu'on leur fait entrer de force dans le nez.

Me voici donc, les doigts serrés autour du cou de Protée, lui posant sans relâche la même question, comme si la réponse existait, à l'intérieur de ce maniaque, de ce prisonnier, de l'être aimé, de ma mère, de mon père, de moi-même, comme si la réponse était là, n'attendant que d'être libérée.

Me voici donc, me tenant la tête, que je plonge dans une baignoire pleine d'eau, répétant ma question insensée, sachant que je n'arriverai jamais à la poser comme il faut.

Me voici donc, retenant mon souffle, avant de le relâcher.

la tour effondrée

(2006) Dans la basilique inférieure Saint-François, à Assise, se trouve une série de fresques de Giotto, dont l'une représente une tour effondrée. Au-dessus de cette tour, une autre fresque représente le Massacre des Innocents et, à côté, un homme s'adresse à un squelette, qui semble l'écouter. Sur un autre panneau, un homme plonge, tête la première, d'une autre tour, ou peut-être est-ce la même qui finira par tomber, et nul ne semble le remarquer à l'exception d'un homme isolé, au premier plan, qui lève une main pour le rattraper, bien qu'ils soient fort éloignés.

La tour effondrée comporte quatre étages, mais seul un côté reste debout. Nous pouvons voir la partie en ruine, comme si une bombe l'avait défoncée, mais à l'époque de Giotto les bombes n'existaient pas, si ? Qu'est-ce qui a bien pu la faire s'effondrer ? Un tremblement de terre ? Une catapulte ? La pensée d'une bombe ? Un tiers du toit est intact, couvrant encore la même proportion de plancher crevé au-dessous. De part et d'autre, les briques se délitent, les joints de bois sont fendus, le paysage est jonché d'un magma de débris. On emporte un enfant loin des lieux de la catastrophe. Au premier plan se dressent seize personnages portant le deuil, des décombres à leurs pieds. Le premier, sur la gauche, au plus près des ruines, observe, se caressant le menton, comme pour essayer de comprendre quelque chose d'important. Quelques-uns fixent le sol, comme si la réponse s'y trouvait. Un seul détourne les yeux. La plupart les ont rivés sur le corps de l'enfant, d'une pâleur de cendres ou de mort, allongé sur le dos, tenu par la taille, bras tendu, ou pendant simplement sur le côté. Je crois que c'est ainsi qu'on porte un enfant endormi. Une femme lui dépose un baiser sur le front, une autre se penche vers lui, mains jointes en prière, tandis qu'une troisième pousse un lamento, visage levé vers le ciel. De part et d'autre, deux hommes écartent les cheveux des yeux de cette dernière. Chacune de ces trois femmes se touche le visage, comme pour sentir le souffle sortir de leur bouche.

Je suis à Assise dans le cadre d'un atelier de poésie, pour enseigner, même si dire que j'« enseigne » semble toujours quelque peu inexact. J'ai plutôt l'impression de tenir le gouvernail d'un navire évoluant en plein brouillard. Notre groupe se réunit le matin et, l'après-midi, je prends le bus qui gravit la montagne jusqu'à une piscine en plein air, où je nage une heure, entouré de jeunes Italiens et de cyprès. La nuit, j'erre dans la ville médiévale, dépassant des groupes de pèlerins qui chantent *Kumbaya* en se tenant la main. Un soir, dans le salon de l'hôtel, nous regardons tous *La bataille d'Alger*, ce film de 1966 sur la désastreuse occupation française en Algérie. Je ne l'ai jamais vu, même si on en a parlé aux informations récemment : le Pentagone l'a diffusé à ses généraux pour leur faire comprendre pourquoi tout va si mal en Irak.

À la piscine, un après-midi, je vois un garçon portant un tee-shirt orange avec au dos l'inscription :

GUANTANAMO
CAMP RAYON X
UNE CELLULE EN ENFER
527-0985-339

Comment la torture avait-elle pu devenir aussi vite le dernier accessoire à la mode, alors que des centaines d'hommes étaient encore emprisonnés pour une durée illimitée ?

la bataille d'alger

La bataille d'Alger s'ouvre sur un homme dans une pièce, encerclé de soldats. Il est assis sur une chaise, dos à la caméra. Un homme en costume entre dans la pièce. *On l'a fait parler*, dit l'un des soldats à l'homme en costume. La scène suivante montre un homme en djellaba blanche assis sur le trottoir dans une ville blanchie à la chaux, sa charrette rangée dans la rue à côté de lui. Un moteur est fixé à la charrette, qui a la taille des chariots de hot-dogs que les vendeurs poussent dans les rues de New York, mais ce n'est pas New York. On ignore quel genre de machine c'est, quelle est sa fonction : chauffer le goudron peut-être, ou ramasser les déchets. La seule chose claire est que l'homme est fatigué, d'avoir poussé sa charrette jusque-là, et qu'il se repose.

Après quelques instants paisibles à l'ombre, un homme blanc vêtu d'un costume blanc apparaît au balcon juste au-dessus, tentant une sortie au soleil, ajustant sa vision, comme s'il était resté caché dans l'ombre. Il scrute le ciel, comme pour voir s'il en tombe quelque chose. Puis il baisse les yeux sur la rue, aperçoit l'Arabe, tend le doigt : *par là*. Un autre homme sort de l'ombre, baisse les yeux, tend le doigt. De plus en plus de gens sortent sur leur balcon, quelqu'un crie que la police doit l'arrêter. L'Arabe d'abord n'a pas conscience qu'il est l'objet de ces cris, il ne comprend pas leur langue. Puis il entend les sirènes. Il lève les yeux, aperçoit qu'on le montre du doigt. Il se met debout et s'éloigne rapidement, laissant son engin derrière lui. Une voiture de police surgit au bout de la rue, et vient lui bloquer le passage. L'Arabe se retourne, une autre voiture de police apparaît, l'empêchant d'avancer. La scène suivante se déroule dans la salle d'interrogatoire, on voit son nom écrit sur un formulaire, son adresse, on l'entend dire qu'il a une femme et trois enfants.

Ce soir-là, l'un des interrogateurs participe à une fastueuse soirée en extérieur. Quand il part, on le reconduit à travers la ville aux volets clos, le véhicule roulant librement dans les rues vides, passé le couvre-feu. Il se gare devant un bâtiment, à l'adresse donnée par l'Arabe. L'interrogateur prend une boîte dans le coffre, l'emporte dans la cour, la laisse à la porte. De la boîte sort une mèche, il l'allume et retourne à la voiture, monte et, tandis que le véhicule s'éloigne, la bombe explose et le bâtiment s'écroule.

Durant une heure environ après l'explosion, le film montre le chaos qui s'ensuit, cycle prévisible de représailles et de répression, jusqu'à ce qu'un général s'adresse à un groupe de journalistes. *La torture, eh bien, parlons-en*, dit-il. *Et si le prisonnier garde le silence pendant vingt-quatre heures. La légalité n'est parfois guère commode. Nous ne sommes ni des fous ni des sadiques. Nous sommes des soldats. Notre devoir est de gagner. Si la France doit rester en Algérie, si vous dites oui, alors vous devez en accepter les conséquences*. Les conséquences, on le sait, c'est que la France n'a pas pu gagner, malgré les milliers d'Algériens torturés, ou peut-être justement à cause de ça.

Le lendemain matin, après la projection de *La bataille d'Alger*, je suis dans ma chambre, à préparer mon atelier de poésie. La ville d'Assise est perchée sur une colline, la vallée ombrienne s'étendant au-dessous. La télévision est branchée sur CNN, en direct du Liban, je vois la même scène que le soir précédent, un bâtiment réduit en poussière, un enfant transporté à l'écart des décombres, une femme en pleurs. Mon ami Tarek m'envoie un mail de Beyrouth avec les dernières nouvelles, me rassurant sur son sort. Plus tard dans la journée, je me rends à la Basilique, y vois la tour effondrée de Giotto, devant laquelle je reste un moment.

istanbul redux

(2007) D'abord l'homme d'affaires, ensuite le chauffeur de taxi, le religieux (le traducteur dit « le prêtre »), l'ex-soldat, le dentiste : qui trouver de plus ordinaire ? Nous recueillons leur témoignage, la semaine s'éternise. Maintenant c'est un étudiant de trente ans, qui raconte avoir été pris dans une rafle, au cours du récent « soulèvement ». Des soldats américains sont entrés dans son appartement en pleine nuit après avoir enfoncé la porte à coups de pied, tandis qu'il dormait aux côtés de sa femme enceinte. Les soldats les ont tirés du lit, leur ont braqué une torche en pleine figure, ils ont posé une question à l'étudiant sur un voisin, voisin qu'il ne connaissait pas, question à laquelle il ne pouvait pas répondre. Ils l'ont menacé de conduire sa femme dans la pièce voisine, seule : *Tu sais ce que ça veut dire, n'est-ce pas ?* lui ont-ils dit, mais il n'avait pas davantage de réponse. Ils l'ont alors battu, menotté, cagoulé, et traîné dehors, jeté dans un 4×4, conduit sur une piste d'atterrissage, poussé dans un hélicoptère, jusqu'à ce qu'il arrive dans un bâtiment qu'il suppose se trouver près de l'aéroport, à Mossoul ou Bagdad. Une fois à l'intérieur, il s'est

retrouvé dans une immense pièce, de la taille d'un gymnase peut-être, remplie de caisses noires alignées par rangées. Une centaine de caisses, peut-être deux cents, difficile à dire. Il reste cagoulé presque tout le temps et a très vite perdu la notion du jour et de la nuit. Les caisses font un peu plus de quatre-vingts centimètres de large, plus d'un mètre cinquante de long. On le jette dans l'une d'elles, il y reste des jours, puis des semaines, incapable de se redresser, pouvant à peine respirer. Toutes les vingt ou trente minutes un soldat donne un coup de pied dans la caisse, ou la frappe d'un violent coup de massue, faisant sursauter son corps ligoté. Autour de lui, il entend les cris et les supplications des autres prisonniers, qui souffrent de douleurs abdominales, d'infections et peu à peu perdent la raison. Trois ans se sont écoulés depuis la diffusion des photographies, mais il n'y a aucun risque de fuite concernant les photos de ces caisses. Ce qui n'était au départ que des actes isolés commis par quelques membres de l'équipe de nuit (si c'est bien ce dont il s'agit) a pris une tournure professionnelle, organisée, agréée. Quelqu'un a conçu cette pièce, fabriqué ces caisses, un mémo a circulé parmi les soldats pour leur indiquer combien de fois frapper sur les caisses, mémo que l'on ne verra vraisemblablement jamais. Entre eux, les Irakiens appellent ces caisses *tawabeet sood*, ou *nash sood*, les cercueils noirs, et je ne peux m'empêcher d'y voir les ombres des cercueils drapés aux couleurs nationales qu'on ne nous a pas non plus permis, que nous n'avons pas pu, ou que nous avons refusé de voir.

HUIT

le bol brisé

Dans *Le développement de la notion de temps chez l'enfant*, Piaget prétend que dans le premier âge, à un certain moment, l'enfant est incapable de dire ce qui vient d'abord, la photographie de la tasse sur la table, ou la photographie de la même tasse brisée au sol. Jusqu'à l'âge de quatre ans, la tasse brisée peut aussi bien venir avant la tasse intacte, le sol n'étant qu'une autre table, du lait pouvant être versé dans la tasse brisée, la tasse brisée pouvant revenir sur la table et retrouver son intégrité. J'essaie de m'en souvenir, pour le jour où ma fille qui n'est pas encore née versera du lait dans son bol brisé.

dévasté

À la première page de *L'amant*, roman de Marguerite Duras, une femme rencontre par hasard un homme dans une rue de Paris, un ancien amant, qu'elle n'a pas vu depuis des années. *Tout le monde dit que vous étiez belle lorsque vous étiez jeune*, dit-il, *pour moi je vous trouve plus belle maintenant [...] j'aimais moins votre visage de jeune femme que celui que vous avez maintenant, dévasté.* Quand je l'ai lu, à vingt-deux ans, comme j'ai souhaité qu'une ancienne amante me retrouve quand je serais vieux, pour me dire qu'elle me préférait tel que j'étais, là, debout devant elle, dévasté.

J'ai trouvé *Un barrage contre le Pacifique*, de Duras, dans une boutique de livres d'occasion quelques années plus tard, quand je vivais à Paris. Dans mon souvenir, une jeune fille vit avec sa mère sur une propriété délabrée en Indochine, une fille qui ressemble fort à celle de *L'amant*, qui à mes yeux offrait une version de Duras elle-même. Le père est parti, a disparu, elles sont à court d'argent. Quant à la mer, la mer de Chine, pour quelque raison, elle monte. À cause des moussons, peut-être, oui, c'est la saison des moussons, chaque année la mer monte, ce qui justifie le barrage. Mais le barrage est en ruine, le père a disparu et l'argent manque pour le réparer. Du moins est-ce ainsi que je me rappelle l'histoire, peut-être complètement de travers. Disons juste que c'est la façon dont je veux, ou ai besoin de, me la rappeler.

paradis perdu

(2007) Nos pensées créent le réel : je passe devant ce *koan* graffité à la bombe sur un trottoir de Brooklyn, alors que je me rends chez une amie. Plus tard, dans son studio, je vois une reproduction de *Saint Michel et le dragon*, peint par Crivelli, au XVe siècle. Dans l'iconographie chrétienne et préchrétienne, de nombreux saints sont représentés en train de terrasser des dragons, vous devez en avoir vu, un jeune homme à cheval, à pied parfois, un dragon sous sa botte, sa lance fichée dans le corps de la bête, ou la pointe rentrée dans sa gueule. Dans *Paradis perdu*, Milton met en scène Michel, l'archange qui livre bataille à Satan dans le jardin d'Éden, juste avant d'escorter Adam et Ève jusqu'à leur sortie. Depuis des années, pour une raison qui m'échappe, ce dragon m'a retrouvé, ou peut-être simplement est-ce lui qui m'attire. L'une des explications possibles est que ce dragon, ce Satan, même sous une forme atténuée, reste toujours en vie. Il trouve son origine dans les franges de la perception, où le côté obscur de nous-mêmes est presque tangible : on ne peut jamais tuer le dragon, cette ombre, parce que nous tuerions du

même coup une part de nous-mêmes. Le truc, c'est de trouver le moyen de vivre avec lui sans qu'il nous consume, sans lui laisser acquérir assez d'emprise pour prendre les commandes. Sous notre pied, contenu, il contribue à notre équilibre, nous rappelle les ténèbres d'où nous venons, et dont nous sommes faits. Si on ne le reconnaît pas, si on ne trouve pas le moyen de l'intégrer à notre vie, ce pan obscur de nous-mêmes se manifestera par la peur, qui peut se transformer en furie, et l'on finit par se débattre contre des ombres. Le Michel de Crivelli cherche à atteindre son épée, qu'il porte accrochée dans le dos, tandis que Satan, de ses doigts griffus, remonte le long de ses jambes, comme s'il le caressait. Michel et le démon se regardent droit dans les yeux, comme dans un miroir, l'un éclairé, l'autre dans l'obscurité.

mexique (la guerre)

J'ai en ma possession un petit paquet de photographies datant des premières années de mariage de mes grands-parents, avant qu'ils aient des enfants, à moins qu'ils n'aient laissé les enfants à la maison. Les photos ont été faites lors d'un voyage au Mexique en voiture, avant visiblement que tout ne se délite. Sur chaque image ils sourient, c'était sans doute après le retour de mon grand-père du front, ou juste avant son départ. Les années trente peut-être. Ils avaient de l'argent durant la Grande Dépression, et ils auraient pu se permettre un voyage en voiture. Ces quelques images des débuts de leur vie commune en disent plus qu'eux ne m'ont jamais dit. Sur l'une des photographies, floue, mon grand-père est allongé sur le dos sur un lit d'hôtel, une bouteille de tequila, j'imagine, lui sortant droit de la bouche, pointant vers le plafond, comme si une fleur poussait de son visage, comme s'il allait finir par se remplir complètement. Je suppose que ma grand-mère a pris cette photo, et je l'imagine éclater de rire, comme elle le faisait juste après avoir bu une gorgée.

(2006) Au moment des adieux, ou du moins de notre tentative d'adieu, Anna et moi passons une journée ensemble dans ma maison de campagne. Elle a vu sur mon étagère un exemplaire du récit de Duras *Cahiers de la guerre*. Je ne l'avais que brièvement parcouru. *C'est un livre sur la torture*, dit Anna. Une scène se déroule entre Duras, engagée dans la Résistance, et un collaborateur, accusé d'avoir transmis des secrets aux nazis. Duras raconte avoir torturé cet homme, pour lui soutirer des informations, se venger ou juste parce qu'elle en a la possibilité, je ne sais trop. Certes, c'était avant que la convention de Genève n'interdise toute forme de torture, mais que faire de ce récit ? Duras, auteur qui m'a permis de traverser mes vingt ans — de si dures années — s'avère aujourd'hui, sans s'en excuser, être une tortionnaire.

Je l'ignorais à l'époque, mais ce devait être la dernière fois qu'Anna et moi nous parlerions. Peut-être le savait-elle, car elle choisit ce moment pour me faire un aveu : *Je crois que je suis alcoolique.* Durant les deux années passées, me dit-elle, quand nous nous quittions, sans savoir quand nous nous reverrions, il lui arrivait de se saouler jusqu'à perdre conscience. Le soir, après avoir raccroché, quand nous ne pouvions pas être ensemble, pas totalement, ou après mon départ, elle buvait quelques gorgées, puis déambulait vers quelque nœud ferroviaire désaffecté. *Démon de douleur*, murmurait-elle, *laisse-moi en paix.*

Cela peut être dur à comprendre, mais j'ignorais, je n'avais pas conscience qu'elle buvait, qu'elle ait jamais touché à l'alcool. En ma présence, elle ne buvait jamais plus d'une gorgée, même s'il m'importait peu qu'elle en prît davantage. Ma famille entière, à des degrés divers, s'était noyée dans l'alcool : père, mère, grand-mère, grand-père. Je porte le poids de ce que l'alcool a fait à ma famille (ou, plutôt, de ce que ma famille s'est fait avec l'alcool), parfois le cœur léger, d'autres jours un peu moins, mais je n'ai rien contre ceux qui boivent. Anna le savait, c'est pourquoi ses mots furent une révélation, une lumière qu'on allume dans une pièce obscure. Si c'était vrai, si elle était bien alcoolique, si elle buvait seule, en secret, cela pouvait expliquer en partie la distance inexplicable que j'avais toujours ressentie, l'ombre sans nom planant entre nous. Son aveu fut une lumière qu'on allume dans l'espace interstellaire, et pourtant, alors que nous essayions de nous dire adieu, une fois de plus, et que nos corps passaient en flottant l'un au-dessus de l'autre, ces quelques mots, *Je crois que je suis alcoolique*, nous avaient connectés comme des tubes d'oxygène.

cher lecteur (oubli)

J'ai acheté mon billet, suis monté dans ce train, avec l'impression d'avoir un endroit où rester. Le train, à un moment donné, est entré dans un tunnel, chaque voiture s'engouffrant l'une après l'autre dans le passage ouvert dans la montagne à la dynamite. On eût dit le bruit d'un paquet de cartes qu'on bat, ou du projectionniste qui s'endort avant la fin de la première bobine, l'acétate battant contre la lentille. Tandis que le train entrait dans la montagne, une partie de moi-même savait qu'il en émergerait de nouveau, quelques secondes ou quelques minutes plus tard, mais une fois à l'intérieur du tunnel, la question de savoir si j'en ressortirais ou pas n'eut plus aucune importance. Là, dans le noir, j'avais l'impression qu'on me portait, et je ne voulais pas que ça s'arrête. Si le train tombait en panne, me laissait échoué dans le noir, je n'y serais pour rien, comme lorsque enfant, de retour du *drive-in*, ma mère nous conduisant dans la nuit, je me tenais pelotonné à l'arrière, perdu dans mon royaume de sommeil. J'aurais pu rester ainsi pour toujours, ma mère au volant, un air à la radio, passant tout doucement, Laura Nyro, The Standells ou Bobby Bland.

Aujourd'hui encore, si j'ouvre les yeux, elle sera là, nous serons toujours ensemble, passant dans les rues mal éclairées, des ombres d'arbres, de lignes téléphoniques, crevant le ciel au-dessus de nos têtes. Quand on se garera dans l'allée, elle me portera à l'intérieur, me mettra au lit, le sien ou le mien. Je ne vais pas discuter, peut-être est-ce vrai que j'ai passé trop de nuits dans son lit, à essayer de la garder attachée à cette planète, de faire taire cette voix en elle, qui la rappelle aux ténèbres. Il lui arrive parfois d'être attirée par elle, de monter en voiture passé minuit. Je l'entends démarrer, sortir de l'allée, et plus tard je l'entends rentrer, le gravier sous ses roues.

J'ignore ce qu'il en est pour vous, mais parfois je passe des journées à résister à la tentation. Il m'arrive encore de me faire une ligne, après être resté clean si longtemps. Je prends une dose, passe un coup de fil. Je frappe à une porte, quelqu'un ouvre, semble content de me voir. Je dis *Oui* et *oui* et *oui*. Je dis *Pourquoi pas?* Je dis *Reste, le lit est immense, on tient à deux*. Je prends une dose, passe un coup de fil, un mois s'écoule, j'en prends une autre, puis pendant un mois je peux prendre une dose chaque soir, pas grand-chose, une poignée de marijuana, puis je décroche pendant un an. Alors je t'appelle depuis ma baignoire, on fait un plan. Je raccroche et appelle quelqu'un d'autre.

Ce que j'essaie de dire, c'est qu'un beau jour de décembre j'ai atteint l'âge qu'avait ma mère quand elle est passée à l'état de non-être (*goodnight nobody, goodnight mush*), franchissant enfin la porte dont elle tenait la poignée depuis tant d'années. Je ne sais pas, peut-être qu'une partie de moi-même a décidé que je devrais essayer de la retrouver, elle ne pouvait quand même pas disparaître comme ça. Aussi, après des années sans drogue, j'ai pris une dose. Puis une autre. J'étais seul à Sleepy Hollow, toujours après minuit, une partie de moi-même croyant peut-être que c'était le seul moyen de la rejoindre, mais je l'ignorais à l'époque, j'étais incapable de *l'ar-ti-cu-ler*. D'autres parlent des feux d'artifice qui arrivent sur eux, dès qu'ils tombent dans les vapes, de la police à la porte, de la camisole, mais j'emprunte la même voie que ma mère. Point de feux d'artifice, ni pour elle ni pour moi. Un verre de vin, un petit cachet, la flamme dans le fourneau de la pipe, quoi que nous fassions, et de quelque façon que ce fût, il s'agissait seulement d'entrer dans la nuit sans douleur, dans notre oubli privé, notre désespoir silencieux. Tous deux avions toujours un emploi à honorer le lendemain, tous deux nous sentions coupables à l'idée de ne pas nous y présenter. Nous nous y sommes toujours présentés, jusqu'au jour où elle ne fut plus là.

Peut-être que j'essaie de dire que les mots d'Anna, *Je crois que je suis alcoolique*, m'ont fait comprendre que je n'étais moi-même pas si sobre. Jusqu'alors, si on me posait la question, je répondais que je n'avais pas bu un verre depuis des années, ce qui était vrai, mais j'ajoutais qu'il m'arrivait de fumer un joint. Je ne prétendais pas être sobre, pas exactement, mais je ne disais pas non plus que j'avais repiqué, je *mi-ni-mi-sais*, voilà tout. Puis après m'être shooté deux ans, de temps à autre, la voix en moi se mit à murmurer d'abord doucement, comme l'écho renvoyé par une falaise au loin, que tout irait mieux si j'étais mort. La souffrance, la mienne et celle que je causais, prendrait fin. Un pas après l'autre, un mètre après l'autre, une dose après l'autre, un mensonge après l'autre, lentement je me suis tourné. Je me suis résolu à m'approcher de sa porte (celle de ma mère ? celle d'Anna ?), j'ai posé la main sur la poignée, une voix de l'autre côté, je n'avais qu'à la pousser pour ouvrir, franchir le seuil. Je savais que je la retrouverais là. Je savais que nous pourrions rester ainsi pour toujours.

Quelques minutes ou quelques mois après la mort de ma mère, la prof qui nous avait fait cours sur *Paradis perdu* tomba sur moi, un après-midi, tandis que je mettais de l'essence dans ma moto. Je m'apprêtais à quitter la ville, c'était peut-être bien mon dernier jour sur le campus. *Ah, ça fait du bien de te voir de nouveau sur ton destrier*, dit la prof. Je lui souris. Je l'aimais bien. Je regrettais d'avoir cessé de suivre ses cours. *Je vais beaucoup mieux*, lui dis-je. Je regardai ma moto : *Perdu*, me dis-je, *c'est le nom de ce putain de destrier.* Je faisais le plein, prenais la route, passerais les quelques vies à venir en quête. Ce n'est pas dur d'y arriver, un seul virage à gauche, au bout de la ruelle, descendre les marches de la cave, frapper à une porte après minuit, votre petite amie du moment déjà couchée, à vous attendre. Le dragon n'est pas mort, seulement tenu en respect sous votre pied, au bout de la lance. Deux chiens vivent en nous. Dites oui et oui et oui.

roulette

Ma grand-mère a bien une histoire à propos de son voyage au Mexique, même s'il n'est jamais fait mention de mon grand-père quand elle la raconte. Elle marchait dans une rue d'un village logé dans l'ombre d'un volcan, quand un garçon s'approcha d'elle en courant, une boule de lave brûlante dans la main. Sous ses yeux, il donna à la lave la forme d'un singe, qu'il lui tendit. Il se trouve à présent sur une étagère dans sa cuisine, ce petit singe en lave, depuis une éternité. Elle le prend et le manipule chaque fois qu'elle raconte l'histoire, comme s'il était encore chaud, et qu'elle pouvait toujours le transformer.

(2005) L'étincelle que j'avais ressentie avec Inez, lors de cette première nuit ensemble, faisant miroiter la possibilité d'un enfant ensemble, continuait de briller par intermittence, mais avait du mal à prendre en moi. Elle me semblait étrangère, désordonnée, parfois elle s'enflammait, selon celle avec qui je me trouvais. Anna, Inez. Un jour, après un an de paralysie, incapable de choisir, plongé dans ce qu'aujourd'hui je vois comme un abîme,

une sorte de folie, je décide que la première qui tombera enceinte sera la bonne, *alea jacta est*. J'aimerais pouvoir dire que dès que cette voix s'est élevée j'ai su que je faisais fausse route, suivais une mauvaise idée, et je vis à quel point j'étais égaré, mais ce serait faux. Cette mauvaise idée a couvé en moi des mois durant, s'enflammant parfois, prenant l'allure du parfaitement raisonnable, pour disparaître, mais un moment seulement. Enfin, avec une conscience ténue (nette ?) de l'état d'agitation extrême de mon esprit, et une conscience nette (ténue ?) de la souffrance de mon entourage, je me suis engagé dans la méditation, une demi-heure chaque jour. Je m'y suis tenu pendant presque deux ans, et quand mon esprit se fut éclairci, Anna et moi nous étions perdus de vue. À certains égards, on dirait qu'Anna n'avait jamais vraiment connu que mon ombre, qui était tout ce que j'avais été capable de lui offrir.

NEUF

trois rêves (avant la venue du bébé)

1. Je me trouve dans une maison sur la plage, en train d'embrasser une femme blonde que je connais mal. Je me lève du lit et me mets à courir lestement sur la plage, en direction d'une autre femme. Trois chiens me prennent en chasse, me rattrapent, l'un me mord la main, un autre l'autre main, le troisième me mord les fesses. Je poursuis ma course, essaie de m'en débarrasser en les secouant mais j'ai mal. La propriétaire des chiens, une troisième femme, s'approche et me dit de ne pas m'inquiéter. Je regarde mes mains, constate que les dents des chiens n'ont pas entamé la peau. Cette femme me conduit le long d'un chemin, nous discutons, mais je ne me souviens pas de quoi. Je finis dans un bar, la femme avec qui je faisais l'amour y est serveuse, dans la lumière crue je vois que son visage est tout grêlé.

2. Je suis à la recherche d'Anna, qui vit sur un bateau dans un port protégé. Je voyage clandestinement sur un schooner, et nous naviguons un moment. Les autres passagers m'ignorent, parlent comme si je n'étais pas là. Quand nous approchons du bateau d'Anna, je saute à bord, puis passe de cabine en cabine, mais il n'y a personne. Sous l'évier de la cuisine, le bac à ordures est plein, je sors donc le sac et le noue. Au fond du bac se trouve un carnet noir, les mots « Black Betty » inscrits en volutes d'or sur la couverture. J'espère trouver quelques mots à l'intérieur, mais toutes les pages sont noires. Je suis déçu, mais je remarque que chaque page est faite d'une soie extrêmement fine. Le toucher en est incroyable.

3. Inez et moi sommes coincés dans un pays fasciste, quelque chose de terrible est sur le point de se produire — une arrestation ? Je donne cinquante dollars à un homme pour qu'il nous fasse franchir la frontière, quitter le pays, mais il nous conduit dans un entrepôt et nous finissons enfermés dans une pièce avec un tortionnaire, qui conduit Inez dans la pièce voisine et commence à la violer. D'où je suis, je les vois, mais je ne peux les atteindre — l'homme qui nous a conduits ici me barre le passage. Il devient clair que cet homme va me violer aussi. Je mets la main sur un fusil, tue le premier homme, passe dans la pièce voisine et torture le tortionnaire, lui tire une balle dans le genou et lui arrache la main d'un autre coup de feu. Puis je fais entrer son fils dans la pièce et lui tire dans la jambe aussi. Je suis devenu un monstre.

une solitude trop bruyante

(2006) Juin. De retour au nord depuis le Texas pour l'été, je passe deux jours à Boston, à nettoyer le studio de mon père tandis qu'Inez distrait ce dernier, jouant le rôle de Fay Wray face à King Kong. Il a passé dans ce studio les seize dernières années depuis qu'il a quitté la rue. Inez l'emmène déjeuner, lui fait faire le tour du pâté de maisons à pied, écoute ces mêmes histoires que j'ai entendues des centaines de fois, tout ça pour l'occuper pendant que je traîne de pleins sacs-poubelle de son bazar jusqu'au sous-sol. J'avais toujours refusé qu'aucun de mes amis le rencontre, mais un an plus tôt je me trouvai à court d'options. Au bord de l'expulsion, une fois de plus, et même Eileen, son ange gardien des services sociaux, reconnaît que ce sera une sacrée merde s'il perd ce logement : *Nulle part on ne prendra quelqu'un qui boit comme lui.* S'il perd ce studio, c'est de nouveau la rue. *Je suis irlandais et russe*, nous rappelle-t-il, *je serais complètement fou de ne pas boire.*

Cette année a été longue avec mon père. La propriétaire ne cesse de m'appeler pour m'avertir que ce studio présente des risques d'incendie, ce qui est indiscutable.

Mon père, en plus d'être alcoolique, est incapable de jeter quoi que ce soit, tic assez fréquent parmi les ex-sans-abri. Mais après seize ans il est devenu quasi impossible d'ouvrir la porte : chaque centimètre carré est couvert de piles de journaux, certaines oscillant de leurs deux mètres de haut, ne laissant que d'étroits passages de son lit à la salle de bains, de son lit à l'évier de la cuisine, qui ces derniers temps déborde d'une eau noire et fétide. *Il faut faire quelque chose*, m'avertit la propriétaire, une femme plutôt honnête.

Donc nous voici à sa porte. Je sonne en face de l'étiquette portant son nom (ce nom qui est le mien), il nous ouvre par l'interphone. De nouveau, je lui présente Inez, dont le souvenir en lui s'est effacé depuis notre dernière visite, il y a deux ou trois mois. *Inez ?* demande-t-il. *Ravi de faire votre connaissance.* Notre plan consiste à l'inviter à déjeuner, puis lui dire en route que je me rappelle soudain une chose à faire, suggérer qu'ils y aillent, je les rejoindrai plus tard. Là, je me réintroduis dans son studio, un carton de sacs-poubelle renforcés dans mon sac à dos. Quand on prononce le mot déjeuner, son visage s'illumine, et il enfile sa veste.

Sa collection de journaux remonte à la première présidence Bush — ses « documents de recherche », comme il dit. Peut-être l'ont-ils été jadis, mais je sais qu'il n'a pas écrit un mot depuis des années. Il y a dix ans, peut-être, on aurait pu stocker le tout, louer une « unité », qu'il aurait payée en vendant son sang, au pire. Mais il n'a plus cette option, à l'heure qu'il est, plus personne ne veut de son sang, et d'ailleurs il a refusé de renoncer au moindre gros titre sur papier jauni. *Ce sont mes biens*, siffle-t-il. S'il se fait expulser, il est trop vieux, trop frêle pour survivre à un autre hiver dehors. Moi-même, je suis trop vieux pour y survivre, me demandant où il est, s'il va résister à cette nuit, levant les yeux pour essayer de voir s'il pourrait neiger. J'avais espéré, pour quelque raison insondable, que je pourrais le raisonner, lui faire prendre l'expulsion au sérieux, mais tel n'a pas été le cas. Il a menacé de se tuer, de tuer la propriétaire, de me tuer. Après des mois d'efforts pour lui faire entendre raison, une fois le billet d'expulsion archivé, je passe deux jours avec lui à trier une petite pile de journaux, feuille par feuille, pour finalement nous débarrasser d'un petit sac. Il nous faudrait trente ans, à cette allure, et nous n'avons que trente jours. J'ai donc été forcé de demander de l'aide. Me voici donc, revenant subrepticement chez lui tandis qu'Inez le distrait.

Depuis janvier, j'ai traîné dehors soixante sacs-poubelle renforcés. Hier, en plus, un fauteuil à oreilles, dont l'assise s'était effondrée sous le poids de seize ans de journaux. J'ai aussi nettoyé l'évier, bouillon de culture de spores toxiques, et depuis je trempe mon doigt contaminé dans de la solution saline.

Durant les mois qui ont suivi, j'ai appelé un avocat, la mairie, l'assistante sociale qui s'occupe de lui, toute personne susceptible de l'aider. Un médecin, que je connaissais du temps où je travaillais auprès des sans-abri, Jim, est venu à l'appartement de mon père, l'a examiné. Jim s'est arrangé pour lui faire subir un bilan complet. Je l'ai donc conduit à l'hôpital quelques semaines plus tard. Il s'est avéré être en meilleure forme que moi, tension basse, faible taux de cholestérol, foie en bon état. Comment cela est-il possible ?

Au bout du compte, malgré tous mes efforts, pas moyen de garder mon père à l'intérieur. En remplissant mes sacs-poubelle contre son gré, j'ai pu régler la question du risque d'incendie, mais quelques mois après il s'aventure dans le bureau de sa propriétaire, menace de tuer tout le monde, y compris un petit garçon noir de sept ans assis dans la salle d'attente avec sa mère. La propriétaire appelle la police, sur quoi mon père menace de se trancher la gorge, simples paroles en l'air, la propriétaire le sait, mais les policiers l'entendent, se doivent, eux, de prendre pareille menace au sérieux, ce qu'ils font. Ils viennent le chercher, le placent sous surveillance et le font entrer dans un hôpital psychiatrique pour passer des tests.

Quand enfin j'ai craqué, quand enfin j'ai demandé de l'aide, celle-ci était toute prête : Inez, Jim, Eileen, comme si tous s'étaient trouvés là tout du long, n'attendant que ma demande. Si j'avais été capable de demander de l'aide à Anna je sais qu'elle serait venue, mais je ne l'ai pas fait.

lexington, kentucky

Quand je voyais mon père, ces derniers mois, m'efforçant avec l'énergie du désespoir de l'empêcher de se retrouver une fois encore à la rue, je n'étais pas sûr qu'il sache qui j'étais. De temps à autre, je semblais sombrer dans le flou. Quand j'essayais de lui expliquer la gravité de la situation, son expulsion imminente, il m'interrompait : *Nom d'une bite*, hurlait-il, *mais tu vas me laisser parler ou quoi !* « Nom d'une bite » : la toute dernière astuce en date. Elle produisit l'effet escompté, du moins la première demi-douzaine de fois qu'il l'employa, alors que j'étais debout devant lui, totalement déconcerté — après tout, je n'avais pas encore d'enfant à l'époque. *Mais tu vas me laisser parler ou quoi !* Puis il se lançait dans l'une des quelques histoires à son répertoire, déjà entendues cent fois, dont celle sur son séjour en prison fédérale :

> *Ils m'ont laissé tout seul dans une pièce sombre des jours durant, enchaîné au sol, et quand ils me déplaçaient, ce qui se produisait sans cesse, sans raison valable, ils m'enchaînaient encore davantage, pénis y compris.*

Je me refusais à imaginer comment on enchaîne un pénis, surtout pas celui de mon père, que je ne voulais pas imaginer du tout.

Au cours de l'année passée à essayer de lui garder un logement, après avoir pillé son appartement pendant deux ou trois heures, je le retrouvais avec Inez dans le parc ou au restaurant. Puis nous le reconduisions chez lui, l'observions pour voir s'il remarquait ce qui avait disparu. Pendant quelques minutes, il regardait autour de lui l'air furibard, puis laissait tomber, comme si quelque chose en lui savait que nous essayions seulement de l'aider. Quand nous nous préparions à partir, mon père se tournait vers Inez, qu'il s'était mis à appeler « Bouton d'or » — tentative de rapprochement envers elle. *Tu laisses la femme?* demandait-il, plein d'espoir. *Tu me laisses Bouton d'or?*

(2006) À la radio, un historien parle des cinquante années de développement des techniques de torture par la CIA, celles que nous avons vues mises en pratique sur les photos d'Abou Ghraib. La technique la plus efficace, ont-ils découvert, consiste à combiner privation sensorielle et douleur auto-infligée (*les méthodes soi-disant légères*) : songez à la photo — devenue célèbre — de l'homme debout sur une caisse, cagoulé, bras en croix. La technique n'est pas nouvelle, et n'a certainement pas été inventée par une poignée de canailles sans cervelle du service de nuit. Il s'agit d'une position stressante très sophistiquée, développée, avec l'aide de la CIA, durant la guerre sale au Brésil, connue parmi les professionnels

sous le nom de « Vietnam ». De nos jours, quand les Irakiens font circuler entre eux les photographies de l'homme sur la caisse, ils l'appellent simplement « la Statue de la Liberté ».

Au cours de l'interview, McCoy mentionne que les services de santé des prisons fédérales sont des sites d'expérimentation préliminaire. Apparemment, la CIA aurait utilisé les prisonniers fédéraux pour tester les limites de ce que le corps, l'esprit peuvent supporter. Deux des principaux sites de ces expériences clandestines et illégales sont la prison de Lexington, dans le Kentucky, et celle de Marion, dans l'Illinois, dans lesquelles mon père est passé durant sa période derrière les barreaux.

Je n'en crois pas mes oreilles.

Toutefois, nul Ismaël ne s'est présenté (encore) pour dire *C'est vrai, j'y étais, avec lui, ce que dit ton père est vrai.* Cette personne, je ne l'ai pas trouvée, même si elle existe, celle qui était sanglée au lit à côté de celui de mon père dans les services de santé de la prison fédérale de Marion. Je n'ai trouvé personne pour dire qu'il a entendu mon père crier, ou l'a vu enchaîné. Ni trouvé aucun document portant son nom, avec des nombres en marge : durée de veille forcée, temps passé à genoux, température de la cellule de nuit. Tout ce dont je dispose est un vieux paranoïaque, qui raconte plus ou moins les mêmes histoires que celles qu'on entend à la radio.

l'archipel du goulag

Des années durant, mon père (autoproclamé *plus-grand-auteur-jamais-produit-par-l'Amérique*) s'est comparé à Soljenitsyne, d'abord dans les lettres qu'il m'envoie de prison, puis, à présent, de vive voix : *Soljenitsyne va blêmir de jalousie quand il lira cette merde*, dit mon père, caressant du pouce la tranche de son manuscrit non publié.

Soljenitsyne s'est fait arrêter en Union soviétique en 1945 pour avoir écrit un commentaire désobligeant dans une lettre à un ami. Accusé de propagande antisoviétique, au titre de l'article 58, il fut condamné à huit années de Goulag. Mon père, arrêté en 1976 pour faux chèques, a été condamné à une peine de trois à cinq ans. Les livres de Soljenitsyne qui relatent sa période d'emprisonnement sont *Le pavillon des cancéreux* et *L'archipel du Goulag*. Dans ce dernier, il écrit :

> *... pourtant, il y avait quelque chose de commun : la préférence donnée aux moyens doux, si l'on peut dire (nous allons voir en quoi ils consistaient), et c'était là la bonne voie. En effet, les*

limites réelles de l'équilibre humain sont très étroites et il n'est nul besoin de gril ou de chevalet pour mettre un homme moyen en état d'irresponsabilité.

Vous vous demandez peut-être si mon père a été troublé par la lecture de Soljenitsyne, s'il a confondu ce qu'il a pu subir en prison et ce que Soljenitsyne a subi. Il est fort possible qu'en lisant les témoignages de Soljenitsyne, mon père se soit mis à sa place, dans sa peau, sa chair, ses chaînes. Mais l'histoire secrète des expériences menées par la CIA sur les prisonniers fédéraux soulève une question : un membre de la CIA avait-il aussi lu *L'archipel du Goulag* tout en se disant que ce serait *la clé* ? Soljenitsyne passe trois pages à décrire par le menu les différentes tortures auxquelles il est soumis, avant de conclure que ces méthodes dites « légères » (privations sensorielles, station debout prolongée, exposition à des températures extrêmes, veille forcée) étaient les plus efficaces, du moins pour faire céder la volonté et causer des dommages à long terme. La CIA, semble-t-il, est parvenue aux mêmes conclusions. Toutefois, le récit par Soljenitsyne de sa vie dans les goulags soviétiques fut sa façon de révéler au grand jour ce qui lui était arrivé, en partie pour éviter que cela ne se reproduise. À propos de ses tortionnaires, il écrit :

Soit ! Nous nous montrerons magnanimes. Nous ne les grésillerons pas, nous ne les gorgerons pas d'eau salée, nous ne les saupoudrerons pas de punaises, nous ne leur passerons pas le mors pour qu'ils fassent « l'hirondelle », nous ne les

> *maintiendrons pas debout pendant une semaine sans dormir, nous ne les frapperons pas à coups de botte ni de matraque en caoutchouc, nous ne leur enserrerons pas le crâne dans un anneau de fer, nous ne les entasserons pas dans une cellule comme des colis, pour qu'ils ne puissent s'étendre que les uns sur les autres, nous ne leur ferons rien de ce qu'ils ont fait eux. Mais, face à notre pays et face à nos enfants, nous avons le devoir* de les rechercher tous et de les traduire tous en justice*! Non pas tant pour juger leurs personnes que leurs crimes. Pour obtenir que chacun dise au moins à haute et intelligible voix : « Oui, j'ai été un bourreau et un assassin. »*

Le propos de Soljenitsyne semble nous avoir échappé, du moins à certains, qui ont vu dans ce livre un guide plus qu'un avertissement.

mes écuries d'augias

(2007) Quand mon père sera enfin (s'il l'est) libéré (banni ?) de l'hôpital psychiatrique, il n'est pas évident qu'il sera capable de retourner dans son appartement. La propriétaire ne peut plus le supporter, tous les voisins se sont plaints. *Je suis désolée*, me dit l'assistante sociale au téléphone. *Chaque fois que je le vois, il pue l'urine. Il est de plus en plus belliqueux et de plus en plus incontrôlable.* Elle soupire. *J'ai essayé partout. Tout le monde refuse de le prendre.* J'entends l'épuisement dans sa voix. *Il n'a plus le choix.*

En fait, ce qu'elle essaie de me dire, je crois, c'est qu'il a deux choix : soit retourner à la rue, soit emménager avec moi, aucun des deux n'étant à ce stade concevable pour moi. *On me dit qu'il a subi un traitement dans le pavillon psychiatrique, ils ont réussi à le rendre un peu plus docile. Et s'il poursuit son traitement, si on trouve une pilule qui finit par calmer ce putain d'excité ?* Eileen considère la chose. *Je ne pourrai pas aller la lui faire prendre tous les jours, et je ne vois pas qui pourrait.* Je parcours ma maison des yeux, essayant d'imaginer mon père rôdant dans ces pièces. Je lui suggère : *Peut-être une fois par semaine, en se procurant un de ces piluliers, pour sept jours, et une fois par semaine, toi, moi, ou quelqu'un d'autre passerait lui donner sa pilule, on lui mettrait un panneau au-dessus de son lit, ou de son miroir, avec l'inscription* PRENDS TA PILULE, *puis on ferait venir quelqu'un une fois par semaine pour le doucher, n'y a-t-il pas des gens qui font ça, qui veillent à ce qu'il se douche, prenne sa pilule, au moins une fois par semaine?* J'ai l'impression de ne plus respirer. *Ma foi, on pourrait lui affecter une aide médicale*, reconnaît Eileen. *On pourrait essayer ça*, dit-elle, mais franchement, elle semble avoir perdu tout espoir.

C'est la raison de ma présence dans ce train qui relie New York à Boston, pour un dernier effort de nettoyage complet de son appartement. L'idée est de se faire discret jusqu'à ce que j'aie pu vider ce qui reste : les cent cinquante kilos de vêtements à moitié moisis qui croupissent dans sa baignoire depuis ma première visite il y a dix ans, ses placards de cuisine pleins à craquer de nourriture non consommée, les tours de magazines barrant l'accès au réfrigérateur. Je vais emballer sa collection de bibelots en métal, ses piles de manuscrits inachevés et de photos encadrées de célèbres inconnus (plus une de moi bébé, dans ses bras) dans quelques cartons, afin qu'un jour quelqu'un, infirmière ou saint, puisse entrer, le doucher, lui tendre une pilule.

Deux jours plus tard, tout a disparu, son appartement entier, sa vie entière, empaquetés dans des cartons. Tous ses écrits, ses photos, emballés, et le reste traîné jusqu'au local à ordures au sous-sol. Si un jour il veut récupérer ce que j'ai emporté, s'il s'en souvient, si ça lui manque, je lui apporterai ces cartons. Mais en mon for intérieur, je sais qu'il ne reviendra pas, ni dans cet appartement, ni dans aucun autre. De fait, c'est un voyage sans retour, on va le transférer du pavillon psychiatrique à une unité de réhabilitation, puis à une maison médicalisée pour séjours prolongés. Les analyses sanguines révèlent qu'il a eu un genre d'attaque l'année passée, il est incontinent, son cerveau est éteint, il n'est plus capable de vivre seul. Au moment où je nettoie son appartement, j'ignore tout ça, mais j'en viendrai à l'accepter, un mois plus tard environ, après avoir parlé à Eileen et son médecin.

En pleine installation de mon père dans sa nouvelle vie, Inez et moi décidons d'avoir un enfant. Ou du moins d'essayer. C'est un bond dans l'inconnu, pour chacun d'entre nous, avec rien dans les mains. En ce qui me concerne, peut-être que le temps passé avec mon père ces quelques dernières années, les jours passés dans son appartement ces dernières semaines, à quatre pattes, à m'occuper de ses détritus m'ont-ils fait voir que ce que nous amassons au fil d'une vie finit par se changer en poussière. Même le livre qu'on passe sa vie à écrire finira un jour dans un carton, si vous avez de la chance, ou sur le trottoir, si vous n'en avez pas. J'avais passé tellement de temps, tellement d'années, à essayer de maintenir mon père la tête hors de l'eau, d'empêcher qu'il meure dans la rue, je ne saurais même pas dire pourquoi, pas plus qu'un saumon ne pourrait expliquer son besoin de retourner à la rivière où il est né. Peut-être était-ce une combinaison de ces forces, de voir comment une vie peut se désagréger, en même temps que l'instinct animal qui vous pousse à essayer d'en préserver l'intégrité, peut-être y avait-il aussi la décision qu'il était maintenant possible, avec Inez, d'essayer d'avoir un enfant. Peut-être était-ce qu'elle avait répondu présent quand je lui avais demandé de l'aide, ou simplement qu'une partie de moi-même savait que tout irait bien, qu'Inez serait une bonne mère, que nous saurions trouver les moyens de contourner tous les obstacles que nous rencontrerions. Pourtant, une autre part de moi éprouvait encore le sentiment de l'adolescent, debout sur un pont un jour d'été, m'apprêtant à plonger dans la rivière. À l'époque, j'avais découvert que l'astuce consistait à faire un pas dans le vide, pour laisser la gravité prendre le dessus. L'astuce était de se désincarner, mais ça ne marchait plus, plus aussi bien.

Quelles que soient mes raisons, après ces deux derniers jours d'efforts pour rendre l'appartement de mon père plus humain, je dus rentrer à New York, où ma présence était requise un jour précis chaque mois. Un jour crucial. Je n'en parle guère, au cas où ça ne marcherait pas, pour ne pas rendre la chose trop réelle, mais j'en parle quand même à mon ami Philip. Philip a trois enfants.

Vous essayez ? Il sourit. *Bonne balade.*

De retour chez moi, ma voiture pleine à craquer des cartons de mon père, je trouve une pile de courrier non ouvert sur la table de la salle à manger : des factures à régler, des livres à commenter. À ce stade, j'ignore quand — si — je vais seulement m'y mettre. J'envoie un mail à mon amie Sarah :

> *... mon vieux s'est fait interner dans un pavillon psychiatrique la semaine dernière. J'ai dû faire deux voyages à Boston pour finir de vider son appartement, à quatre pattes dans trois centi-*

mètres de terreau renversé de pots de fleurs depuis longtemps mortes, de poussière trempée d'urine, les toilettes maculées de merde, à balayer des rongeurs morts, et trois pipes à cocaïne au milieu (une pute, « Fancy Nancy », venait lui rendre visite au début de chaque mois, pour l'aider à dépenser son chèque de la Sécu), et des centaines de granulés toxiques de mort-aux-rats. Des journaux datés de vingt ans étaient collés à la moquette, dans une couche de poussière couvrant une foule de visages ricanant. Je l'ai fait dans l'espoir illusoire que si son appartement était plus humain, il ne vivrait plus ainsi comme un animal, qu'il pourrait peut-être ne pas retourner à la rue, au moins un hiver encore. Je voudrais qu'en entrant dans son appartement il soit sous l'effet d'une pilule magique rendant heureux et qu'il oublie la façon dont il a vécu jusque-là. Je voudrais qu'il oublie toutes ces années passées dans sa propre crasse, c'est quoi déjà la chanson ? Like a Monkey in a Zoo, *comme un singe dans un zoo...*

Dans son appartement, j'avais pris quelques livres pour moi, parmi lesquels un exemplaire du *Big Book* des Alcooliques Anonymes, dont plusieurs, apparemment, et ce sans grand effet, lui avaient été remis au fil des ans. J'avais pris aussi son exemplaire écorné de *L'archipel du Goulag — Et il s'avéra que chacun de nous avait été emprisonné pour pas grand-chose.*

DIX

deux hommes forts

Mon professeur de dharma rapporte une histoire racontée par Bouddha au sujet d'un garçon vivant dans un petit village, au bord duquel se trouvait un gouffre immense plein de charbons ardents. Le gouffre perturbait le garçon, l'idée qu'un jour il pourrait s'en approcher de trop près et tomber. Aussi le garçon quitte-t-il le village pour se lancer dans une vie d'errance. C'est la version chinoise de l'histoire, nous dit le professeur, mais dans la version indienne le garçon, avant d'avoir pu quitter le village, se trouve traîné vers le gouffre par deux hommes forts. On nous laisse supposer que soit ils le précipitent au fond, soit il réussit à s'échapper. Les deux hommes forts pourraient symboliser nos désirs, nous dit le professeur, et avoir conscience de ses désirs peut parfois suffire.

(2007) Inez est enceinte de deux mois. Un soir, je vais en ville à vélo pour donner une lecture dans un bar new-yorkais appelé KGB. Après la lecture, une jeune femme vient me trouver, me tend sa main fermée, me

demande si elle peut me faire un cadeau. Nous ne nous sommes jamais rencontrés auparavant, mais juste avant la lecture elle a vu quelque chose dans un magasin qui lui a fait penser à moi. Quand elle ouvre la main, un petit singe de bronze se trouve dans sa paume, debout, se tenant le torse des deux mains. Mais il ne se contente pas d'indiquer son cœur, comme Jésus, il s'arrache la peau du torse. *Quand je l'ai vu, j'ai pensé à vous*, me dit-elle (dans l'un de mes poèmes Jésus déchire sa chemise pour nous montrer son cœur, *tout de flammes et d'épines*). Même pas long comme mon petit doigt, je reconnais en lui un dieu hindou, mais sans parvenir à me rappeler son nom. *Comment s'appelle-t-il ?* lui demandé-je. À l'intérieur de son torse déchiré, j'aperçois un cœur minuscule.

Quelques jours plus tard, je vérifie : le dieu-singe s'appelle Hanuman. *Les planètes sont régies par la queue de Hanuman, et quiconque le vénère se voit accorder force et détermination.* La jeune femme qui m'a tendu la main, pour m'offrir ce tout petit dieu, était d'une grande beauté. *Détermination, force* : puis-je dire que je n'ai pas voulu que cette femme me conduise chez elle ? Puis-je dire que l'idée ne me traverse pas l'esprit parfois ? Mais si elle venait à apparaître devant moi, quelle version de moi-même trouverait-elle ?

lisbonne

(1986) Après deux ans de service au foyer pour sans-abri, je décide de prendre congé tout l'hiver. Je m'envole vers l'Europe pour six mois d'errance, d'abord à Paris, où je me trouve un squat pour deux mois, avant de poursuivre ma route en Espagne, au Portugal, et au Maroc. Au bout de mon périple, aux confins du Sahara, une part de moi-même voudrait poursuivre la route, ne jamais rentrer. Je ne pouvais pas le savoir alors, mais après mon retour à Boston, moins d'un an après ma reprise du travail au foyer, mon père s'y présente, et se retrouve à y passer la nuit, de temps à autre, durant les cinq années suivantes.

Lors de ma première journée à Lisbonne, je rencontre une femme, Carmo, avec qui je finis par passer un mois, l'aidant à rénover son appartement. Lisbonne émerge tout juste de son cauchemar totalitaire, et a gardé des tripes, comme les villes que j'aime; celles qui ont des tripes semblent capables d'accueillir un plus large éventail d'individus, pas seulement les riches. Un jour, Carmo et moi prenons le train vers le nord, pour Sintra, où elle doit se présenter au tribunal pour régler une infraction mineure au code de la route. Tandis que je l'attends devant le tribunal, des rais de lumière se répandent à travers les fenêtres gothiques couvertes de poussière, illuminant et voilant tout à la fois les quelques personnes qui attendent leur tour pour comparaître devant le juge. Je sors mon appareil, prends une photo. En baissant le bras, je remarque un homme en uniforme dans le couloir, qui s'approche de moi. Je range mon appareil dans mon sac. Le soldat s'arrête pile devant moi, me bloquant le passage, bien que je n'aie nulle intention de m'en aller. Plus petit que moi d'une quinzaine de centimètres, il n'en murmure pas moins des propos menaçants, que je ne comprends pas. *Je suis désolé, je ne suis qu'un touriste, il n'y a pas de problème*, espérant très fort que Carmo apparaisse et me tire de là, quelle que soit la gravité de la situation, en traduisant. Mais je ne la vois nulle part, le soldat me prend par le bras et me conduit vers une porte. Une fois franchie, c'est un autre couloir, avec six ou sept hommes vêtus du même uniforme. Le petit soldat approche son visage tout près du mien et murmure *Película, película, película*, dont je comprends le sens, puisque j'en ai acheté une le jour même. Il me fait signe de la lui remettre. *Rien qu'une photo*, lui dis-je, *juste un touriste, aucun problème*, et c'est là qu'il m'envoie un direct à l'estomac. Ça ne m'a pas vraiment fait mal, pas autant qu'on aurait pu le croire, j'ai surtout été choqué. Je regarde les autres soldats autour, certains ont le nez dans leurs chaussures, d'autres sont en train de fumer, d'autres encore sourient avant de détourner les yeux. Je lève la main. *Pas de problème*, dis-je, plongeant la main dans mon sac, d'où je tire l'appareil. Il en profite pour me mettre un autre coup de poing, au même endroit, là où le chirurgien m'avait ôté la rate quelques années plus tôt. Cette fois, son geste ressemble plus à une danse, il y met plus d'intention, je fais le dos rond, m'allège en me hissant sur les orteils, absorbe le coup. La phrase *Je suis loin de chez moi en train de me faire rouer de coups par un soldat* me traverse l'esprit. J'ai maintenant l'appareil dans une main, *Película*, siffle-t-il, avec de grands gestes, et je commence à rembobiner. Je ne voulais pas qu'il ouvre le boîtier et gâche toute la pellicule. Cela fait, j'ouvre l'appareil et lui tends la pellicule, puis, la tenant d'une main, il me met un dernier coup de poing. C'en est fini, apparemment, donc je lui passe devant, franchis la porte dans l'autre sens. Carmo est dans le couloir, à se demander où j'ai bien pu passer. Tout tremblant, je lui explique rapidement que j'ai dû laisser la pellicule, qu'il faut partir sans tarder, avant que la porte ne s'ouvre de nouveau. Malheureusement, sur la même pellicule se trouvent des traces du travail de rénovation accompli dans son appartement, dont elle avait besoin pour se faire rembourser par le propriétaire. Nous allons donc frapper à la porte, le petit soldat sort, elle lui explique la situation, mais il refuse de rendre la pellicule. Mon amie demande à voir son supérieur, et nous nous retrouvons vite dehors, à parler avec un général dans une petite jeep, et c'est ainsi que j'ai pu avoir une photo du soldat qui m'a donné trois coups de poing dans l'estomac. Toutefois ce sont les autres soldats, ceux qui ne sont pas sur la photo, qui se sont contentés de sourire en détournant les yeux, qui me hantent le plus aujourd'hui.

sauterelles

(1968) Quand j'avais huit ans, ma famille a pris l'avion en direction du Montana pour un séjour dans la famille de mon oncle (le frère de ma mère, ma tante et mes cousins que, dans la famille, je connaissais à peine). Deux événements me restent de ce voyage : d'abord, les sauterelles, qui cet été emplirent le ciel de leur frénésie. Mes cousins et moi passions notre temps à construire de petites cellules en Lego dans l'allée, et à y fourrer des sauterelles, que nous observions ensuite, chacun à son tour avec une frénésie croissante, tandis qu'elles s'entre-déchiraient. L'air vrombissait de leurs crépitements. À un moment donné, nous fîmes une excursion à Glacier National Park, et il nous fallut faire halte dans chaque station-service pour nettoyer le pare-brise de leurs corps éventrés.

L'autre souvenir du Montana est le retour de Glacier, un arrêt dans un comptoir de commerce, le genre d'endroit où on vendait des *bolo ties* en turquoise et des tomahawks en caoutchouc. Il y avait aussi quelques animaux en cage à l'arrière, une flèche peinte à la main (AIRE ZOO) montrant le chemin. Les animaux étaient enfermés dans de minuscules cages aux murs de parpaings, et celui dont je me souviens est l'aigle chauve, qui pouvait à peine lever la tête quand j'ai passé la main devant les barreaux.

quelques miettes de pain

(1969) Une voisine de ma grand-mère quitte sa maison sur une civière, couverte d'un drap blanc, une fleur rouge à la place de la tête. Pour arriver jusque-là, j'ai coupé par un bois touffu bordant la pelouse de ma grand-mère, puis traversé Kent Street en courant. La maison est une ruine perchée au bord du marais, oscillant au-dessus des basses terres. Quand j'ai entendu les sirènes, j'ai suivi les enseignements de ma mère, suivi le bruit, puis, debout sur le trottoir, j'ai attendu.

Plus tard ce soir-là, quand j'ai demandé ce qui s'était passé, ma mère m'a raconté que cette dame, assise à la table de cuisine, avait demandé à ses deux fils de l'aider à quelque tâche – peler des pommes, me dis-je. J'imagine qu'elle préparait un gâteau, comme ma mère.

Fais-le toi-même, a répondu l'un des fils.

Je suis occupé, a répondu l'autre.

Ces garçons étaient des délinquants, m'a expliqué ma mère, qui ne cessaient de briser le cœur de leur mère. *Je n'en peux plus*, a-t-elle dit, déposant sa pomme ou son rouleau à pâtisserie. *Je ne supporte plus votre ingrati-*

tude. Alors elle a ouvert le tiroir, en a tiré son fusil et l'a posé sur la table.

Je vais me tuer, a-t-elle dit.

Vas-y, dit le premier fils.

T'es pas cap, dit le second.

Vas-y : il m'a fallu des années pour me rendre compte que ma mère n'avait nul moyen de connaître cette conversation dans le détail, en tout cas pas à ce moment-là, ni jamais sans doute. Des années plus tard, en thérapie, je me suis rappelé que plus jeune j'avais dit la même chose à ma mère, par une nuit de neige, alors que je courais tout nu à travers la maison, refusant de me changer pour aller me coucher. Ma mère avait menacé de me jeter dehors dans la neige si je ne lui obéissais pas, et j'avais répondu *T'es pas cap*, gagné par le frisson d'un étrange pouvoir nouveau. Elle m'avait attrapé et jeté sur le perron. Je restai là quelques secondes, tremblant comme une feuille, essayant de masquer ma nudité, puis j'avais couru me cacher derrière le mur de pierre dans la cour des voisins, le même endroit d'où, juste un an auparavant, j'avais observé l'ombre des flammes dansant sur la façade de notre maison.

usages héroïques du béton

J'ai toujours refusé d'attacher le terme « addiction » au suicide de ma mère, toujours nié un tel pouvoir à une pilule minuscule. Parfois, si on me posait la question, je disais que c'était une balle, parfois des troubles mentaux. D'autres fois, je disais qu'elle avait travaillé trop dur toute sa vie durant, ou que d'élever deux enfants seule l'avait épuisée. Après sa mort, je vérifiai le mot « suicide » dans le dictionnaire, et d'après la définition le suicide était l'acte d'une personne saine d'esprit : *suicide* (n.) 1) acte de se tuer volontairement ; 2) d'un point de vue juridique, acte d'autodestruction accompli par une personne saine d'esprit et capable de mesurer sa responsabilité morale. J'ai gardé cette définition en moi des années durant, comme si une partie de moi-même avait besoin de croire que son geste était un acte de clairvoyance. Quand j'ai cessé de boire, avant ma rechute, je disais parfois d'elle qu'elle était « accro », mais sans jamais vraiment y croire, pas réellement. Son suicide ne pouvait pas avoir été causé par quelque chose d'aussi insignifiant que ce qu'on trouve embouteillé ou plié dans de l'alu. Rien de si mince ou de si dérisoire ne pouvait l'avoir emportée. Vous savez ce que c'est, nous refusons de croire que Lee Harvey Oswald ait pu agir seul, qu'une poignée de maniaques armés de cutters ait pu raser nos tours. Notre peur est si grande, si réelle, qu'elle se doit d'être grandiose, et pas de prendre la forme de quelque psychopathe maigrichon, ni d'une troupe de désaxés troglodytes. Pas nos propres ombres.

Voici enfin un dernier élément :

Ma mère a mis fin à ses jours deux semaines avant que son copain gangster ne soit relâché de prison ; il achevait de purger une peine de trois à cinq ans, dont deux incompressibles, de prison fédérale. Quelques années auparavant, nous l'avions vu aux nouvelles du soir, conduit, menottes aux poignets, hors d'un bateau transportant une cargaison de marijuana. Pendant son incarcération, ma mère s'était mise avec un autre homme. Je savais qu'une part d'elle-même était tourmentée par ce qu'elle ferait lorsque — si — ils se retrouveraient tous face à face. Appelez ça de la culpabilité. Des troubles mentaux. L'esprit du singe. Ou samsara, quand, des années plus tard, je suis amoureux de deux femmes, suffoquant sous le poids de toute cette situation.

la croisière du navigator
(au revoir)

La croisière du Navigator est un film muet traitant d'un homme à la dérive en pleine mer sur un grand bateau. Buster Keaton joue le rôle d'un riche, perdu à la façon dont seuls les riches peuvent l'être, et qui, jusqu'à ce qu'il se retrouve seul sur ce paquebot de luxe, a toujours été entouré de serviteurs. Si je me rappelle bien, Keaton se fait conduire au navire par son chauffeur pour un gala, mais arrive un jour trop tôt, si bien que le bateau est vide : imaginez le *Queen Mary* sans capitaine, sans équipage, les transats alignés, tous vides. Keaton déambule sur le pont, à la recherche des festivités, et finit par s'endormir dans une cabine. Dans la nuit, on rompt les amarres, et il s'éveille le lendemain matin sans terre en vue. Abasourdi, il parcourt les ponts, cherchant tout le monde, cherchant n'importe qui. Dans une scène, il trouve une boîte de conserve dans un canot, ce qui donne lieu à une longue réflexion. Il n'a jamais eu à ouvrir une boîte de conserve. Finalement, il la place dans un étau et l'attaque à coups de hache de secours. Je ne me rappelle pas s'il parvient jamais à accéder au contenu de cette boîte.

(2007) Après que j'ai cessé de prendre de la drogue (une fois encore), et que j'ai retrouvé le chemin des chaises pliantes dans les sous-sols d'églises anonymes, après un an et demi de silence de sa part, alors qu'Inez est enceinte de cinq mois, Anna m'envoie ce billet :

> *Je viens de m'éveiller d'une longue nuit où j'ai rêvé de toi : dans le dernier rêve, j'essaie de te forcer à me dire au revoir, comme je l'ai si souvent fait dans le réel, et au lieu de ça tu insistes pour que nous nous jetions d'une falaise les poches pleines de clés, en chute libre. Nous avons sauté et, à l'atterrissage, nous étions séparés, plongés dans un vif courant, les poches vides...*

numérologie

(2007) La date prévue pour la venue de notre enfant est passée de deux jours. La *venue* : est-ce même le mot juste ? N'a-t-elle pas toujours été avec nous, manifeste, comme disent les bouddhistes, telle la flamme de l'allumette ? Elle devait naître le 4 janvier, le médecin nous l'avait annoncé il y a des mois. Nous savions que ce n'était qu'une approximation, affaire de mathématiques plus que parole d'évangile, mais apparemment la numérologie est une superstition à laquelle j'ai du mal à renoncer. Au jour dit, j'étais si plein d'énergie que j'arrivais à peine à la contenir.

La nuit dernière, j'ai fait un rêve : mon ami David avait construit un énorme bateau en carton, comme celui de *Fitzcarraldo*, ou du *Navigator*. Avec un moteur, nous le conduisons le long d'une large rivière qui au loin débouche sur la mer. D'abord, David prend la barre, et quand il semble que nous entrons en basses eaux, je gagne la proue, m'allonge à plat ventre, pour surveiller d'éventuels rochers immergés. Tandis que j'observe les algues se balancer, mes paupières s'alourdissent et, malgré mes efforts pour résister, je m'endors. À mon réveil, David a disparu. Je suis seul, le bateau dérive, sans but, tout près des hauts-fonds. Je prends la barre, mais elle tourne dans le vide, donc je jette l'ancre, puis m'endors de nouveau. Quand je me réveille, la marée a fait remonter l'ancre, et de nouveau le bateau est à la dérive. Je trouve un interrupteur qui démarre le moteur, et cette fois j'arrive à m'écarter des hauts-fonds. Le rêve s'est poursuivi ainsi toute la nuit : une succession d'endormissements, d'éveils, dangereuses dérives, démarrages de moteur, pour ensuite jeter l'ancre, avant de me retrouver sain et sauf un moment dans l'eau d'une clarté superbe, dans le balancement des algues, jusqu'à ce que je sombre de nouveau dans le sommeil, pour m'éveiller menacé par le danger.

Pendant une longue période après la mort de ma mère, dix ans environ, par intermittence, j'ai vécu sur un bateau. Quand mon père s'est fait expulser et a fini à la rue, j'étais toujours sur un bateau, et je ne m'étais pas encore résolu à regagner la rive. Mes vingt ans furent liquides, pourrait-on dire, j'étais plus océan que terre. Ou alors que tout ce qui était solide en moi se dissolvait lentement. J'avais lu quelque part que rien ne devrait changer après un *traumatisme sérieux*, face à une *telle perte*. J'étais au lycée quand on m'a appelé, mais une fois de retour chez moi, ce n'était plus chez moi. Je quittai le lycée, mais ne passai plus une nuit dans cette maison. Quand j'essayais, je m'éveillais, avec la gueule de bois, avachi sur le siège du conducteur de ma voiture, en travers de l'allée. Le bateau était en cale sèche sur le chantier d'un ami, et j'y allais souvent, en pleine nuit, pour me glisser à bord. On le remit à l'eau ce printemps-là.

À la fin de mon adolescence, quand je travaillais pour des gangsters, j'ai passé environ un an avec de la glace et des poissons visqueux jusqu'au genou, sur des bateaux de pêche dans divers ports. *Port...* comme la mère porte l'enfant en elle, juste avant la naissance. L'enfant porté d'une autre manière ensuite. Ma tâche consistait à décharger le bateau, à pousser au balai les petits corps glacés dans un panier pendu à un treuil sur le dock. La Police Fédérale des Stupéfiants nous filmait depuis les toits voisins, mais les bateaux transportant la marijuana étaient déchargés cinq cents kilomètres plus au nord, à Portland, dans le Maine. Alors, si c'était cette période de l'année, on empilait les sacs d'un kilo sur la plateforme arrière d'un camion, ensuite chargé de sapins de Noël puis conduit en ville (*la bonne blague*). À présent, deux jours après la date prévue de la naissance, je me penche au-dessus du ventre d'Inez et murmure, *On t'attend, petite, la voie est libre.*

ONZE

piero della francesca

(2008) I read the news today, oh boy[1]: plus de trente mille Irakiens à présent détenus dans des prisons construites par des Américains, deux fois plus que le nombre de détenus au moment des photos d'Abou Ghraib. Et il ne s'agit que de ceux dont on a connaissance. Ce nombre inclut femmes et enfants, à l'époque où les photos d'Abou Ghraib ont été prises on sait que le plus jeune détenu, dix ans, avait été kidnappé et retenu prisonnier pour forcer son père à parler, même s'il est peu probable que son père eût quoi que ce soit à avouer. On s'accorde aujourd'hui largement à penser qu'aucune information exploitable n'est jamais sortie d'Abou Ghraib, et que même les soldats américains savaient que 90 pour cent des détenus n'étaient nullement coupables. Ce qui suscite la question suivante : pourquoi le faire, pourquoi avoir ouvert cette boîte, restée close cinquante ans durant ?

1. Citation d'une chanson des Beatles, *A Day in the Life*, signifiant « J'ai lu les nouvelles aujourd'hui : oh bon dieu ! ».

(1455) L'une des fresques de Piero della Francesca, accomplie au XVe siècle dans la basilique San Francesco à Arezzo, s'intitule *La torture du Juif*. Le Juif, en l'occurrence, se nomme Judas, mais ce n'est pas le Judas qui a trahi Jésus avec ce fameux baiser. En lisant la plaque fixée sous la fresque, on apprend que ce Judas fut mis dans un trou, un puits, sans eau ni nourriture six jours durant, afin de le forcer à révéler l'emplacement de « la seule et vraie croix ». Un homme vêtu d'une tunique bleue le garde, une main sur la tête de Judas, sans que l'on sache bien s'il lui enfonce la tête ou cherche à le faire sortir. Dans l'autre main, l'homme en bleu tient un bâton, rayé bleu et blanc, le genre de bâton sur lequel le sang se verrait s'il devait en faire usage. Judas, un pied sur la margelle du puits, se soutient le corps des deux mains, mais là aussi on ignore s'il émerge après six jours passés sous terre ou s'il essaie d'éviter de tomber dans le puits. Judas semble propre et bien vêtu, donc il ne serait pas déraisonnable d'imaginer que c'est le début de la descente, le premier moment en quelque sorte, Judas sur le seuil, entouré de ses anges annonciateurs. Deux hommes manipulent une corde attachée à la taille de Judas, qu'ils font descendre ou monter depuis un échafaudage de bois. Avec le rendu précis des nœuds et de l'échafaudage, la fresque offre l'équivalent d'un manuel d'utilisation.

Piero della Francesca a peint d'autres scènes légendaires de torture, *La flagellation de Jésus* par exemple, visible dans la Galleria Nazionale delle Marche d'Urbino. On a déjà vu des représentations de cette flagellation, c'est l'un des moyens par lesquels on connaît Jésus, à travers sa souffrance, parfois nommée la Passion. Ce tableau est de composition classique, équilibrée. On pourrait le diviser en triangles parfaits, commenter les points de focalisation du regard. Cette forme même contient une histoire, les deux hommes qui flagellent Jésus ne lui demandent rien, ne cherchent ni réponse ni information, ils le flagellent simplement pour qui il est ou prétend être, le fils de Dieu. Un delta sanguinolent s'étale de la base de chaque épaule, telle une paire d'ailes. L'expression de son visage est calme, comme si un autre était là à sa place, le contemplant avec pitié.

la passion (mal nommée)

(2004) Quelques mois avant que les photos d'Abou Ghraib ne soient révélés au monde, sort le film *La Passion du Christ.* Les avocats spécialisés en droits de l'homme, ainsi que ceux, bien sûr, qui dépendent de l'armée et ceux encore qui leur dictent les règles à appliquer, savent déjà ce qui se passe à Abou Ghraib, ainsi que dans tous les « sites noirs » de par le monde. *On ôte les gants*, nous dit-on, et on sait ce que ça veut dire. Je suis au Texas quand *La Passion* sort sur les écrans. Les méga-églises envoient de pleins bus de fidèles qui remplissent les salles à craquer, assurant la promotion du film au rang du plus grand succès interdit aux moins de dix-huit ans de tous les temps. Il est interdit aux moins de dix-huit ans pour sa violence, exacerbée. Jésus passe près de deux heures à se faire (presque) écorcher. Certains critiquent le film pour avoir ignoré le message central qu'est le pardon dans l'enseignement du Christ. Il est toujours à l'affiche quand les photos d'Abou Ghraib font leur apparition, et certains y voient un genre de justification : *Regardez ce que Jésus a enduré pour nos péchés, et vous vous inquiétez pour un petit bougnoul ?*

le lion de babylone

(2004) L'une des histoires qui ont circulé après la divulgation des photos d'Abou Ghraib est que les Américains avaient utilisé des lions pour intimider et torturer les prisonniers, une petite bizarrerie de plus, dans un putain de tourbillon d'horreurs. L'histoire des lions, dans mon souvenir, a circulé sur des sites arabes, soit qu'elle se fût vraiment produite, soit seulement en tant qu'allégorie, visant à montrer la barbarie de l'occupant. En Occident, certains ont utilisé cette histoire pour montrer que rien de ce que les ex-prisonniers avaient dit ne pouvait être pris au sérieux, ou du moins sans une saine dose de scepticisme : *des lions dans les prisons?* D'aucuns affirmaient que c'était pure et simple fantaisie tout droit sortie des récits de croisades (bien que notre président ait fait référence à l'invasion en termes de « croisade »), ou de l'histoire des persécutions infligées aux chrétiens par les Romains dans le Colisée aujourd'hui en ruine.

Toutefois, plus j'y pense, plus je m'interroge. J'en viens à cette liste de trois questions (peut-être paranoïaques) :

— Est-il possible que la source de cette rumeur ne soit pas du tout un ex-détenu irakien mais une campagne de désinformation menée par la CIA, étant donné qu'au bout du compte son caractère peu crédible jette le doute sur toute allégation de torture ?
— Si on vous force à porter une cagoule et qu'un soldat ne parlant pas votre langue vous menace avec un chien, qu'il le laisse peut-être vous mordre jusqu'au sang, est-il possible de confondre le grognement du chien avec celui d'un lion ?
— Lors de notre invasion de l'Irak en mars 2003, plusieurs jours, puis plusieurs années de chaos s'en sont suivi, avec ses pillages de musées, ses démantèlements d'usines, ses zoos à l'abandon. Qu'est-il arrivé aux lions, dans l'hypothèse où il y en avait ?

Je tape les mots « lion torture Irak » dans un moteur de recherche et découvre ceci :

Allégations de torture par d'ex-détenus irakiens

ABC News a émis un rapport exclusif concernant deux détenus irakiens relâchés, ayant révélé des actes de torture choquants pratiqués par les troupes américaines. Outre les violences physiques, d'après ces deux hommes :

« Ils nous ont conduits à une cage, une cage à animaux qui contenait des lions, au sein du palais de

la République. Et ils nous ont menacés de nous mettre dans la cage avec les lions si nous refusions d'avouer. J'ai été terrifié quand ils m'ont approché de la cage en me menaçant. Ils ont ouvert la porte et m'ont menacé de me jeter dans la cage si je n'avouais pas. Chaque fois que le lion s'approchait, ils me ressortaient, fermaient la porte et me disaient "On te donne une chance de plus d'avouer." Je répondais "Avouer quoi?" »

De fait, il y avait beaucoup de lions en Irak lors de son invasion. Oudaï, le fils de Saddam, en avait plusieurs dans son palais. On prétend qu'il les nourrissait de chair humaine, et parfois même d'hommes vivants. En poursuivant ma recherche, voici ce que je trouve :

Les roquettes et les tirs de mortier de la coalition avaient presque détruit le site du palais, et personne dans les troupes ne s'attendait à trouver quoi que ce soit en vie. C'est alors que dans une petite enceinte portant les stigmates de la guerre, le sergent Darrain Swain, plongeant les yeux dans une pièce obscure, y découvrit trois lions abandonnés, affamés et craintifs.

Après cette découverte, malgré les requêtes insistantes d'organismes d'aide internationale, visant à les transférer dans des zoos, plus humains et moins dangereux, on les garda dans le palais. Finalement, je tombe sur cette bribe de récit :

Cependant, dans une Babylone déserte, tourmentée par les vents de sable, le Lion de Babylone demeure, ni volé ni vandalisé. Le Lion de Babylone, censé être un trophée datant de l'époque hittite, au milieu du IIe millénaire avant J.-C., sous le règne de Nabuchodonosor, est une statue de basalte énigmatique représentant un homme sur le point de se faire tuer par un lion. Mais en fait l'homme résiste : d'une main, il essaie de repousser la gueule du lion, de l'autre il lutte contre l'une de ses pattes menaçantes. Selon la légende, aussi longtemps que la statue demeure, Babylone ne sera pas conquise.

Les Irakiens, dirait-on, combattent des lions depuis fort longtemps.

invasion des profanateurs de sépultures

À la fin de *Chinatown*, de Polanski, John Huston se tourne vers Jack Nicholson : *Mais vous voyez, monsieur Gittes, la plupart des gens n'ont jamais à affronter cette vérité : au bon endroit, au bon moment, et ils sont capables de tout...* Dans un autre de mes films de zombies favoris, un remake de *L'invasion des profanateurs de sépultures*, Brooke Adams se tourne vers Donald Sutherland qui est en train de la conduire chez le psychiatre : *Hier, tout semblait normal, aujourd'hui, tout semble pareil mais sans l'être.* Brooke ne savait pas, ne pouvait pas savoir, pas à ce moment-là, que Donald était loin, bien loin déjà.

(1980) Après l'arrestation du gangster avec lequel sortait ma mère, sa bande se dit qu'il était plus simple de faire venir du Mexique par avion quelques centaines de livres de cocaïne que de rentrer de Colombie sur un bateau chargé de marijuana. De temps à autre, ils faisaient encore une course marijuana, mais la cocaïne rapportait beaucoup plus, bien plus vite, même si le déman-

tèlement aussi s'en trouvait précipité. Les gangsters se mirent à consommer, autrement dit le copain de ma mère (avant la condamnation) se mit à consommer, autrement dit ma mère se mit à consommer. Je découvris des pailles coupées dans le compartiment à gants; je l'imaginais assise dans sa voiture sur le parking de la banque, à se faire une ligne ou deux à la pause-déjeuner, avant de retourner finir de compter les billets. Je fendais les pailles en deux pour lécher le résidu amer. À cette époque, elle commençait à fréquenter une certaine Karen, la copine de l'un des autres gangsters, et parfois toutes deux étaient chez nous le soir, le regard fou, parlant fort, se préparant à sortir. Karen n'avait pas froid aux yeux, il lui manquait une dent de devant, et elle avait l'air de se shooter depuis un moment, plus longtemps que ma mère sans aucun doute, qui commençait à ne montrer que quelques signes de faiblesse, surtout autour des yeux.

une histoire qui pourrait être vraie

(2006) Une photo d'Ali Shalal Qaissi apparaît en première page du *New York Times*. Qaissi, Irakien aux cheveux gris, tête inclinée, tient dans ses mains l'une des photographies d'Abou Ghraib, celle de l'homme cagoulé debout sur la caisse. La légende de la photo identifie M. Qaissi comme l'homme figurant sur cette image tristement célèbre, devenue mythique. Image puissante que cette photo de photo, sans la cagoule cette fois, nous laissant voir, pour la première fois, son visage. Il semble refléter un mélange rare d'humilité et de courage, pour oser ainsi se reconnaître publiquement rescapé à la torture. Toutefois, plus encore, elle doit sa puissance à la rareté des voix irakiennes qui, présentes en ces lieux, à ce moment, se sont élevées.

Errol Morris, réalisateur de documentaires, a écrit un article pour le *New York Times* un an après environ, au sujet de M. Qaissi (Morris l'appelle « la Griffe », surnom – méprisant – donné par la police militaire d'Abou Ghraib) :

> *La photo de l'Homme cagoulé a produit sa propre iconographie et son propre récit. Tel le soldat inconnu, lui est associé ce mystère de la victime anonyme. Qui est l'Homme cagoulé ? La photo de la Griffe publiée par* The Times *ne permet pas seulement de l'identifier. Elle offre la solution d'un mystère. (Un « qui-est-sous-la-cagoule », plutôt qu'un who-dunnit, « qui-est-le-coupable » ?) L'article du* Times *tient pour acquis que nous savons ce qui est arrivé à l'Homme cagoulé, que nous connaissons la nature des sévices qu'il a endurés, mais si la Griffe n'est pas l'Homme cagoulé, de qui est le récit que nous écoutons ?*

De fait, le *Times* publia un démenti une semaine après la parution de la photo : l'homme debout sur la caisse n'était finalement pas M. Qaissi, mais un certain Abdou Hussain Saad Faleh. Quand on le questionna, M. Qaissi prétendit avoir subi le même traitement, photographié dans la même position, mais reconnut qu'il était possible que ce ne soit pas lui sur *la* photo mythique. Morris poursuit :

> *On connaît en fait l'identité de l'homme sous la cagoule. Son vrai nom est Faleh, son surnom Gilligan, mais quelle est son histoire ? Qu'est-ce qui* lui *est arrivé à Abou Ghraib ?*

C'est vrai, le récit de ce qui est arrivé à M. Faleh est vital pour nous permettre de comprendre ce qui s'est passé à Abou Ghraib, mais on n'entendra pas M. Faleh, qui a disparu après avoir été relâché d'Abou Ghraib, sa version des faits devant peut-être rester à jamais dans l'ombre, seul restant le témoignage limité qu'il a fait pour le Rapport de Tagouba. Morris poursuit :

> *La Griffe nous livre le récit de sévices auquel on s'attendait. Un récit déjà largement diffusé. Les fils électriques, la menace d'électrocution n'étaient plus un mystère pour personne. Mais c'est là un cercle vicieux. Nous voyons la photo de l'Homme cagoulé. Nous imaginons les sévices. Des citations de la Griffe dans le texte accompagnant l'image confirment nos pires soupçons quant à ce qui s'est passé à Abou Ghraib. Nos intuitions concernant la photo sont confirmées, sauf que nous ne savons rien de plus qu'au départ. Nous n'avons rien appris.*

Morris a écrit cet essai tandis qu'il travaillait à son film *Standard Operating Procedure*, « Procédure standard », dans lequel il se livre à l'examen des photos d'Abou Ghraib. Morris a décrit son projet comme étant « ciblé », volontairement restreint aux personnes apparaissant sur les photographies. J'apprécie le besoin que l'on éprouve de s'imposer des limites, le monde est vaste, pas moyen de le contenir en une seule jarre. Morris poursuit :

> *Selon une autre théorie, l'histoire de la Griffe n'est pas un faux, il la croit vraie et ne s'est rendu coupable ni de manipulation ni de représentation déformée. Dans sa version, la Griffe, comme Gilligan, a été placé sur une caisse avec*

des fils électriques. Comme il était cagoulé, il a pu croire qu'il était l'Homme cagoulé.

Morris refuse l'hypothèse avec désinvolture, qui pourtant ne semble pas si délirante : des médecins des Droits de l'homme ayant examiné M. Qaissi à Amman, en Jordanie, en 2006, ont confirmé que, selon ses dires, il avait bien été battu et soumis à des électrochocs. En outre, nul ne nie qu'il était à Abou Ghraib au moment des photos (de fait, il apparaît, sans cagoule, sur plusieurs autres images). De plus, au moins cinq photos d'hommes cagoulés debout sur des caisses ont été prises à Abou Ghraib, dont certaines clairement ne sont pas des mêmes hommes. À l'un il manque deux doigts à la main gauche, comme à M. Qaissi. Mais le propos « ciblé » de Morris semble le limiter aux versions données par les Américains, qui renforcent la crédibilité de l'un des membres de la police militaire apparaissant sur plusieurs photos, Sabrina Harman (célèbre pour son pouce levé en triomphe au-dessus des cadavres), dont la version des événements de ces étranges nuits pourrait (ou pas) servir ses intérêts (ou avoir été révisée et approuvée par la CIA).

Sabrina Harman, membre de la police militaire (qui a pris plusieurs photos de la Griffe et de Gilligan), déclare : « Non, c'était Gilligan sur la caisse, pas la Griffe. » La Griffe était son prisonnier et, d'après elle, on ne l'a ni placé sur la caisse, ni attaché à des fils électriques. Elle ajoute : « La Griffe était baraqué, Gilligan, petit et mince. Si la Griffe était monté sur la caisse, il l'aurait défoncée. »

L'un des problèmes que pose cette déclaration est que Harman a passé au total onze jours à l'étage 1A, il lui est donc impossible d'affirmer qu'on n'ait jamais placé M. Qaissi sur une caisse, sans parler d'avoir trouvé une caisse qui supporte son poids. Elle peut bien ne pas l'avoir vu sur une caisse durant ces onze jours, mais elle ne peut pas dire qu'on ne l'a jamais fait. Elle ne peut pas dire non plus qu'il n'est pas parmi les autres hommes cagoulés et placés en équilibre sur des caisses que l'on voit sur les autres photos.

La question que j'aurais posée à Harman est si elle savait que cette technique de torture (forcer un homme à se tenir debout sur une caisse, ligoté de fils électriques et cagoulé) porte un nom (déjà mentionné) : *le Vietnam*, qu'elle a été créée par la CIA durant la guerre sale, au Brésil, dans les années 70, ce qui rend encore plus faible la probabilité qu'il se fût agi d'un exemple isolé, saisi sur la pellicule par accident. Plus crédible, en revanche, est la possibilité que, comme la pendaison, la nudité, le port de cagoule, la planche à eau et les coups infligés aux Irakiens, ce ne soit qu'une des techniques autorisées d'« interrogatoire poussé » qui flottaient dans ces couloirs. Techniques permises par le Président, introduites par des fantômes de la CIA et des contrats privés, mises en œuvre par des soldats livrés à eux-mêmes. Apparemment, Morris n'a pas posé cette question, concentré qu'il était sur les personnages (américains) apparaissant sur les photos. Son essai se poursuit ainsi :

> *Un membre des associations des droits de l'homme a suggéré que cela ne changeait rien*

que la Griffe soit vraiment l'Homme cagoulé, son témoignage n'en était pas moins valide. Je ne suis pas d'accord. Nous parlons de la réalité maintenant, pas de photos. La Griffe a été détenu à Abou Ghraib. Il est fort probable qu'il ait subi des sévices, mais quelle que soit sa version des faits, ce n'est pas celle de l'homme sur la photo. Cet homme est Gilligan, pas la Griffe.

Morris semble suggérer que M. Qaissi s'est approprié la douleur d'un autre (de Faleh), bricolant un récit de sévices qui pourrait (ou pas) être quelque peu fictif. Il est crucial, bien sûr, d'avoir la bonne version des faits : il est arrivé quelque chose la nuit où M. Faleh a été photographié sur la caisse, mais cela n'annule en rien ce qui est arrivé d'autres nuits, à d'autres détenus. Malheureusement, si Morris (ou son collaborateur, Philip Gourevitch) a passé beaucoup de temps à retrouver ces récits auprès des Irakiens eux-mêmes, leurs paroles ont fini sur le sol de la salle de montage. Il ne nous reste que les voix des membres de la police militaire qui, soit par malchance, soit par choix, se sont changés en tortionnaires. Ceux qui se trouvaient pour ainsi dire du mauvais côté de la laisse demeurent silencieux.

Morris, quant à lui, risque de rester dans les mémoires comme celui qui voit en Abou Ghraib avant tout un problème technique, trouver la bonne légende des photos, plus qu'une catastrophe morale.

DOUZE

électre

(2008) Les contractions arrivèrent progressivement, cinq jours après la date prévue. À ce stade, je m'étais presque convaincu que l'attente pouvait durer indéfiniment. Cela commença juste après minuit, et nous prîmes un taxi pour l'hôpital le lendemain après-midi. Nous restâmes à l'hôpital sept heures en tout, un hôpital de l'Upper East Side, où c'était dur de trouver une infirmière ayant déjà assisté à un accouchement naturel, ce qu'Inez espérait tenter. Au bout de vingt heures de travail, elle demanda qu'on la prépare pour une péridurale, la douleur l'avait soumise, c'en était trop, mais c'était trop tard. Inez s'en sortit, par des mouvements et une respiration adaptés, et le bébé arriva juste après minuit, vingt-quatre heures après le début du travail.

Dehors il y avait de la neige au sol.

Durant les jours séparant la date prévue de la naissance, je lisais la traduction d'*Électre* par Anne Carson. Dans son introduction, Carson analyse les nuances subtiles des cris d'Électre. Pendant les deux dernières heures de travail, quand je sortais dans le couloir à la recherche d'un énième verre d'eau ou juste pour reprendre mon souffle, les autres infirmières semblaient recroquevillées à leur poste, à écouter, yeux écarquillés, les cris d'Inez émanant de notre chambre au bout du couloir. Toutes les autres chambres de l'étage, où nombre d'autres enfants étaient en train de naître, étaient plongées dans un silence chimiquement produit.

autoportrait en bébé dans les bras de mon père

Jamais formulée, mais toujours présente, était la peur qu'Inez meure en couches (est-ce que ça n'arrive pas parfois ?). Jamais formulée, la peur qu'elle ferait une fausse couche, ou que le bébé ne survivrait pas aux premières heures, aux premiers jours. Jamais formulée, l'image que j'avais de moi après ce désastre, errant de par le monde, méconnu de tous, pieds nus, seul.

J'ai dans les mains une photo de mon père assis sur une chaise, je suis le bébé dans ses bras. Tous deux regardons l'appareil, ou du moins celui ou celle qui prend la photo, ma mère, j'imagine, puisque j'ai trouvé la photo dans ses affaires. Il a un regard lourd, comme si j'étais un fardeau, comme s'il en portait un, même si j'interprète sans doute, sachant que d'ici quelques mois il sera parti. Comment ne pas interpréter. Quel âge puis-je avoir ? Quand j'ai eu six mois, il n'était déjà plus là, ou nous n'étions plus là, ma mère m'ayant, nous ayant emmenés avec elle. Choisissez une version, choisissez une victime. L'expression sur le visage de mon père est un tunnel, vers la sortie ; personne ne dirait qu'il a l'air heureux.

À présent, je possède une photo de moi avec ma fille dans les bras, presque dans la même pose, tant d'années plus tard. À présent, je suis plus âgé que ma mère ne l'a jamais été, et que mon père quand il est entré dans cette banque avec son faux chèque, souriant au nez de la caméra. J'ai ma fille dans les bras, avec un si large sourire que c'est tout juste si je me reconnais.

Lors de ces premiers instants, tenant notre nouveau-né dans cette chambre d'hôpital, j'ai pensé à mon père, à ma grande surprise. Mon père n'est jamais arrivé jusqu'à l'hôpital, ni pour la naissance de mon frère ni pour la mienne, alléguant des soucis de voiture à chaque fois (bien qu'il fût concessionnaire automobile). Je n'y avais jamais beaucoup pensé, mais en tenant notre nouveau-né dans mes bras, je me suis senti triste pour lui, d'avoir choisi la vodka (ou est-ce la vodka qui l'a choisi ?) plutôt que la simplicité de cet instant.

Nous ne lui avons pas donné de nom avant trois jours, pas avant d'être sur le point de quitter l'hôpital, quand on nous a signifié que si nous écrivions simplement Bébé Fille FLYNN sur le certificat de naissance, pour garder la place en attendant, alors ce nom la hanterait toute sa vie. À trente-cinq ans, une lettre pourrait arriver dans sa boîte, envoyée par quelque obscure bureaucratie, adressée à Bébé Fille FLYNN.

Alors nous l'avons appelée Maeve Lulu, comme la Reine des Fées.

Des semaines ont passé à présent, des semaines sans sommeil, et je ne suis plus aussi sûr, pour la photo de mon père avec moi dans ses bras. Peut-être est-il simplement fatigué, harassé. Peut-être est-il resté debout toute la nuit, à essayer de me calmer pour me rendormir, et ce que je vois sur son visage n'est pas du malheur, mais de l'épuisement pur et simple. Si on prenait une photo de moi lors d'une de ces nuits de veille, quand j'arpente l'appartement en chantant *All You Need Is Love* tout doucement à Lulu, essayant désespérément de nous renvoyer tous deux au pays du sommeil, on pourrait trouver que je n'ai pas l'air spécialement enthousiaste face à ce miracle que je tiens dans mes bras. Mais on aurait tort. Donc, peut-être ai-je eu tort, toutes ces années, à propos de mon père.

TREIZE

des usages de l'enchantement (singes volants)

Le moment le plus terrifiant dans *Le magicien d'Oz* reste celui où le ciel s'emplit de singes volants, envoyés par la Méchante Sorcière pour traquer Dorothy et ses amis. Cela continue de me surprendre, chaque fois, qu'ils soient à ce point terrifiants, leur façon de se déplacer, de planer au-dessus de la terre, d'atterrir en courant, repliant leurs ailes contre leur dos. Ce que j'oublie toujours à leur propos est qu'ils se trouvent sous l'emprise de quelque sort et que, quand Dorothy jette de l'eau sur la sorcière par accident, le sort est rompu. Chaque année je suis surpris, tandis que la sorcière fond, alors qu'elle a encore une voix, c'est comme si tout pouvait arriver. À tout instant, les singes peuvent s'attaquer à Dorothy, la mettre en pièces, comme ils l'ont fait de l'épouvantail. Une fois la sorcière réduite au silence, un singe s'approche en sautillant et renifle la flaque ; chaque année, je me prépare, au cas où les choses finiraient autrement. Mais chaque année, un garde s'avance et déclare simplement *Vous l'avez tuée*, et le sort est rompu.

Parfois, l'histoire que nous racontons sur nous-mêmes peut agir comme un sort. Parfois, c'est l'histoire d'un amour qui n'aurait jamais dû prendre fin, parfois, d'une fortune de famille dilapidée, et parfois, d'une guerre que nous n'aurions pas dû perdre mais que nous avons perdue quand même. Parfois c'est l'écho d'un récit d'enfance, un conte de fées, l'histoire de ce qui aurait pu être sauvé, échapper au naufrage, si on avait juste résisté un peu plus longtemps. Une histoire d'endurance, où il s'agit de tenir bon, comme ils disent aux Alcooliques Anonymes, avant l'arrivée du miracle. Ou c'est l'histoire que je porte en moi, non formulée : *Si ma mère avait seulement tenu jusqu'au lundi, déboussolée mais vivante...* La structure de ce genre d'histoires entre dans la catégorie connue sous le nom de « récits de rédemption » : J'étais perdu jadis, mais je me suis retrouvé. C'est la *Poétique* d'Aristote, Jésus sortant du désert, récit à présent rejoué, en boucle, à la télé, dans les programmes de la journée. Il est presque gravé en nous, à force, mais serait-il possible que cette structure narrative soit utilisée par certains pour justifier l'usage de la torture ? L'idée étant que si l'on pousse le prisonnier encore un peu, si on ne cède pas quand ça devient désagréable, si on arrive à ignorer les cris, la défiguration, les voix qui hantent l'esprit, alors la réponse viendra, la réponse qui sauvera le monde. Et si l'homme torturé meurt entre vos mains, sans livrer la réponse, cela veut-il dire que vous aviez tort, ou seulement qu'il faut raffiner les techniques ? Ou s'il donne une réponse sans valeur, un mensonge, cela veut-il dire qu'il faut le pousser encore un peu, tenir bon un peu plus longtemps ? Lui maintenir la tête sous l'eau ? Lui électrifier les yeux ? Cela veut-il dire qu'il faut convoquer les médecins, insérer les perfusions, garder le corps en vie ? Et si nous persistons à raconter nos histoires de la sorte, restant attachés à ce conte de fées, bien longtemps après avoir retrouvé le chemin pour sortir du bois, quand peut-on dire de nous que nous sommes sous le coup d'un sort, d'une forme d'enchantement ?

les fruits de mes actes

Thich Nhat Hanh fait un discours de dharma sur un vétéran du Vietnam, un ex-soldat qui est venu le voir car il ne pouvait plus dormir. Après avoir vu l'un de ses potes se faire tuer, ce soldat avait mis de la mort-aux-rats dans des sandwiches qu'il avait déposés dehors, puis avait regardé des enfants les manger; depuis ce jour, son acte l'avait peu à peu mis en pièces. *Vous n'avez que deux choix*, lui dit Thich Nhat Hanh, *continuer à vous détruire, ou trouver un moyen d'aider cinq autres enfants. Ce sont vos seuls choix.*

Thich Nhat Hanh accueille toujours un contingent de vétérans du Vietnam lors de ses retraites, du moins celles qu'il organise en Amérique. Au fil des ans, plus nombreux sont ceux qui viennent de guerres plus récentes. J'ai rencontré certains de ces vétérans il y a presque vingt ans, et le temps passé avec eux m'a convaincu de chercher Travis, mon beau-père, dont j'étais sans nouvelles depuis des années. Travis avait combattu au Vietnam de 1968 à 1970 en tant que Marine, ma mère se mit avec lui peu après son retour chez lui. Ils restèrent ensemble durant quatre ou cinq années tumultueuses, puis se séparèrent.

Pendant les années que Travis a passées avec nous, je ne l'ai jamais appelé mon beau-père. C'était plutôt comme un frère aîné un peu fou, un gars qui est resté quelques années avec nous, qui m'a appris à planter un clou, à construire une extension sans demander de permis, à « emprunter » le bateau d'un inconnu pour aller à la pêche, puis il a disparu. Quand je l'ai retrouvé, tant d'années plus tard, dans le nord du Vermont, je voulais lui poser deux questions : comment avait-il rencontré ma mère, et comment avait-il appris sa mort ? J'avais apporté une caméra vidéo pour filmer ses réponses, lui disant — me disant — que je tournais un documentaire, le film de famille que nous n'avions jamais eu. Plus tard, je me suis mis à chercher tous les copains de ma mère, pour leur poser les deux mêmes questions. Je fus surpris de découvrir que Travis se sentait d'une certaine façon responsable de la mort de ma mère. Il pensait qu'elle s'était servie de son arme à lui, ce qui n'est même pas vrai, je crois, ma mère avait la sienne.

(1999) Quatre ans après avoir repris contact avec Travis, une réalisatrice part à ma recherche (elle avait vu mon film de famille) pour me demander si Travis et moi serions intéressés par l'idée d'aller au Vietnam pour participer à son documentaire : trois vétérans et trois de leurs enfants, les premiers revenant sur les lieux, avec leurs enfants comme témoins. Son film posait la question de savoir si le traumatisme de guerre était transmis de génération en génération.

Travis fêta ses cinquante ans à bord d'un train allant de Hô Chi Minh-Ville à Na Trang.

Au bout de trois semaines de tournage, on passa un jour à filmer un unique bout de route près de Da Nang, où Travis s'était trouvé en garnison. Chaque nuit, nous raconte-t-il, la piste de terre était détruite par les « Viets » et, de jour, les Américains embauchaient la population locale pour la reconstruire. Comme tout le monde, Travis savait que, vraisemblablement, c'étaient les mêmes hommes qui détruisaient la piste et la réparaient le lendemain. Cela dura des mois. Pour Travis, c'était comme si Sisyphe embauchait quelqu'un pour remonter son rocher, se refusant ainsi même ce plaisir. Le jour du tournage, Travis passa longtemps à essayer de trouver l'endroit exact où il était resté tant de jours d'affilée, trente ans plus tôt, le bout de piste qu'on avait fait sauter tant de fois. Il parla avec les autres vétérans, montra du doigt la crête des montagnes au loin, essaya d'aligner une photo de lui plus jeune, debout sur cette route, avec la crête des montagnes d'aujourd'hui. Tandis que Travis se faisait interviewer, moi, debout sous un parapluie pour me protéger du soleil impitoyable, j'observais les fermiers travaillant dans les rizières de part et d'autre de la route. Chaque pousse de riz, à partir d'une certaine hauteur, devait être repiquée à la main, les fermiers pliés en deux passaient leur journée à ça. Travis devait absolument se tenir sur le même tronçon de piste que celui où il s'était tenu tant d'années plus tôt. *Peut-être qu'à force de bombarder les montagnes, on les a rendues méconnaissables*, suggéra José, *ça arrive.* Travis dut finalement se résoudre à l'évidence que tout n'était pas exactement conforme à son souvenir. En retournant à Da Nang en voiture, nous passâmes devant de petits monticules de riz le long de la route, qui séchaient au soleil. Des grains pris dans notre sillage s'élevèrent, puis retombèrent.

Ce soir-là, au dîner, la réalisatrice annonça que le lendemain matin nous irions visiter le site du massacre de My Lai. On ne nous en avait rien dit. Les deux autres vétérans n'étaient pas ravis, et menacèrent d'abandonner le tournage si on les forçait à y aller. *Personne n'est forcé à quoi que ce soit*, insista la réalisatrice. Les deux vétérans expliquèrent qu'ils avaient passé leur vie à l'ombre de My Lai, à se faire traiter de tueurs de bébés par des inconnus, et ce n'était pas pour ça qu'ils avaient accepté de participer au film. Travis les regarda. *C'est pour ça qu'on a tous accepté*, dit-il. *C'est ce qu'ils voulaient dire quand ils nous ont donné l'ordre de vider un village. Ces gens se sont fait prendre au piège, c'est tout.* Travis me demanda mon avis. Je lui dis qu'il me semblait que nous devrions y aller, mais que c'était à lui de choisir.

Le lendemain matin, le bus se gara devant le site du massacre, à présent converti en musée, en site sacré. Travis et moi entrâmes ensemble, la caméraman marchant devant nous à reculons. Les autres vétérans restèrent dans le bus avec leurs enfants. Le musée est un petit bâtiment avec des photos encadrées aux murs, tirées du *New York Times* pour la plupart ou d'autres journaux américains. Je me rappelle en avoir vu beaucoup à leur publication dans le *Boston Globe*. À un moment donné, Travis demanda à la caméraman d'éteindre la caméra, il ne voulait pas être filmé. Puis il s'est éloigné de nous lentement, en parlant au traducteur à voix basse.

Le retour au Vietnam avait été dur pour Travis. Il n'était monté à bord d'un avion que deux fois dans sa vie, à dix-sept ans, lors de son engagement dans les Marines, puis de nouveau trois semaines avant cet instant. Durant les premiers jours dans le pays, il ne pouvait même pas regarder un Vietnamien dans les yeux, surtout s'il s'agissait d'un agent, tous portant l'uniforme du Vietcong. Même les « mamans-san », impossible de les regarder. Un jour, avant notre départ, il avait fait part à la réalisatrice de son intention d'emporter une petite arme avec lui, pour « se protéger ». *Une arme?* avait-elle demandé, incrédule. Elle m'avait appelé pour me demander si je le croyais sérieux. *Autant que je puisse en juger*, avais-je répondu. Elle le rappela : *Travis, tu ne peux pas emporter une arme avec toi au Vietnam.*

Et merde, dit-il. *J'en achèterai une sur place.*

Travis et moi passâmes donc nos premiers jours à Saigon (Hô Chi Minh-Ville) à fouiller les marchés en quête d'une arme à feu, voire d'un gros couteau, mais finalement il se décida pour un sac de marijuana et un massage.

Devant le musée de My Lai se trouve un champ ouvert, semé de petites plaques indiquant les sites des événements : un endroit où s'élevaient des huttes, un puits au fond duquel on avait jeté un bébé, le fossé où on avait parqué femmes et enfants. Une femme, d'une quarantaine d'années peut-être, était assise dans l'herbe, jambes repliées sous elle, peignant très lentement l'herbe de ses doigts, un brin après l'autre, pour en ôter les mauvaises herbes. Travis l'observa quelque temps. De loin, je regardais Travis la regarder. On eût dit qu'elle méditait sur chaque brin, considérant la possibilité de l'arracher (*Et je dirais à présent que l'herbe est la splendide chevelure inculte des tombes*). Plus tard, j'appris ce que le traducteur avait chuchoté à l'oreille de Travis : cette femme était enfant à l'époque du massacre, elle avait survécu en se cachant sous le cadavre de sa mère. Travis hocha la tête, demanda s'il pouvait lui parler. Le traducteur s'approcha de la femme, s'agenouilla, dit quelques mots, se retourna vers Travis, lui fit signe de venir. Je regardai Travis s'approcher, dire quelque chose au traducteur à l'attention de la femme. Je le regardai s'agenouiller auprès de cette femme, toujours assise dans l'herbe, lui prendre la main, l'embrasser, lui demander pardon : le pardonner lui, pardonner l'Amérique.

istanbul redux

(2007) C'est là qu'on verse les mots dans une jarre, comme s'il s'agissait d'eau. Comme si une jarre pleine d'eau était la même chose qu'une rivière. C'est là qu'on tente de construire un récit cohérent à partir du chaos. Amir regarde les photos de lui, ces photos de ce qui s'est passé il y a trois ans, et déclare : *Je n'arrive pas à croire que c'était moi, là.* Sur la table devant lui se trouve le bracelet qu'on lui avait attribué, le numéro qu'on lui a donné, les lettres CI suivant le numéro, code indiquant qu'il a été arrêté par la CIA. Il tapote la petite photo de lui sur le bracelet, sur la photo il a une barbe, les joues creuses : *Vous ne voyez donc pas*, dit-il, *cet homme sur la photo... et regardez-moi maintenant.* Il sourit. Je remarque le léger tremblement de son bras contre son flanc.

Lors de nos derniers jours à Istanbul, durant les dernières auditions, je ne cesse de décrocher. Bahir était soldat de l'armée de Saddam, et il ne sourit pas. Son récit semble moins net, plus fragmenté que les autres, et je me surprends à me demander si je le crois. On dirait qu'il n'a que peu de souvenirs. Il détourne les yeux en répondant, commence puis s'arrête, bégaie. Tandis que je me force à écouter, je me rends compte que c'est moi, c'est le dernier jour, je déborde de récits de torture, et cet homme devant moi semble ne pas s'en être si bien tiré. Il paraît brisé, marqué plus que les autres, et tout en écoutant, alors que je force mon esprit à revenir d'où il était parti, je me rends compte que ce récit est l'un des plus durs. *J'ai porté une cagoule pendant six mois*, raconte Bahir. *On ne me l'a jamais enlevée. Tous les jours, j'étais menotté aux barreaux pendant des heures. Je suis resté nu, tout le temps. Je ne me rappelle aucun visage, parce que je n'en ai vu aucun.* Tout en l'écoutant, je remarque que je transpire, j'ai l'impression que je vais m'évanouir. Souvent son récit s'interrompt, il ne peut pas poursuivre, il lui faut une cigarette, il lui faut se lever et marcher un peu, prendre l'air. On fait une pause avec lui, beaucoup de pauses. Lors de l'une d'elles, j'ouvre les dossiers de photos, tombe sur l'image d'un *smiley* dessiné au marqueur sur le torse d'un détenu. Je sors dans le couloir pour y verser mes larmes.

De retour de la pause, l'artiste demande au traducteur de dire à Bahir combien il est beau, et quel plaisir c'est pour lui de pouvoir le peindre. Bahir écoute et, quand le mot « beau » lui est traduit, a un faible sourire, le premier, puis murmure *Shokran.*

On a parfois besoin de s'entendre dire qu'on est toujours beau.

Quand tous ont quitté Istanbul, j'y reste une semaine de plus, pour visiter la Mosquée bleue, les aqueducs romains, un hammam. Pour rédiger mes notes. Dans la mosquée, je lis des informations sur l'usage des fétiches dans l'islam antique :

> *Créant un pont entre les contraires spirituel et matériel de la vie quotidienne, la philosophie « Mevlevi » transforme la nature d'un simple objet ordinaire. Un symbole mystique gravé sur un* mutekka *(coussin ou reposoir pour le cou) ou des signes de calligraphie brodés sur un sac de courrier dotent d'un esprit la simple matière qu'est l'objet. Chaque article utilisé dans la vie courante se change en être vivant, illuminé par cet esprit.*

J'en suis venu à penser que la fonction de la torture dans notre société n'a rien à voir avec l'obtention d'information, malgré ce que nous pourrions avoir envie de croire. Ce n'est qu'affaire de pouvoir. C'est une façon de dire au monde qu'il n'est point de limite à ce que nous ferons si nous nous sentons menacés. L'inefficacité de la torture pour obtenir des informations, ses effets contre-productifs pour assurer le sentiment de sécurité ont été clairement démontrés, et sont connus depuis des années. Que l'on ait lancé le processus pour continuer à utiliser la torture, de façon légale à présent, suggère qu'elle est devenue pour nous un symbole mystique, non moins fondé sur la superstition que le geste de graver un croissant sur un bâton. Argent, information, ces mots que vous lisez, tout cela paraîtra folklorique dans cinq cents ans, si on arrive jusque-là. Quand les hommes reviendront sur ce passé, ils diront que la torture n'a jamais cessé depuis la mort du Christ et deux mille ans durant, reproduction étrange et primitive. Ils verront qu'au début nous l'avons confondue avec la Passion, qui s'est dégradée en Inquisition, puis changée en ce qu'on appelle aujourd'hui « information ». Ils verront qu'une poignée de maniaques vivant dans des grottes ont su mettre à terre le plus vaste empire du monde, et ils se demanderont comment cela a pu être. Tout ce que nous pouvons répondre est que ces maniaques ont compris notre peur, ils en ont pris la forme alors que nous nous efforcions de tenir bon, continuant, sans relâche, à poser notre question, notre question dénuée de sens.

travis redux

(2007) Je passe une journée sur la route 100 en direction du nord, traverse le Vermont dans toute sa longueur, pour voir Travis, quelques années se sont de nouveau écoulées sans que l'on se rencontre. J'ai déjà fait le voyage pour lui poser des questions sur la torture, me dis-je, mais cette fois, assis face à lui, échanger des nouvelles paraît suffire. *Pendant un temps, Sue est sortie avec un type qui a fait l'Irak*, me dit-il, *ça lui a fait péter un câble*. Sue est sa fille. *Ça doit être dur*, lui dis-je. *Au moins, s'il y avait une raison pour qu'ils soient là-bas*, murmure Travis. Il y a douze ans, quand nous avions repris contact, nous avions parlé de la première invasion de l'Irak, qui l'avait rendu fou : il s'était introduit par effraction dans l'appartement de sa femme, qui l'avait quitté, et, debout devant le poêle de la cuisine, avait brûlé ses vêtements un à un dans les flammes à découvert, jusqu'à ce qu'il remarque les gyrophares bleus tournoyant dehors. Il avait brisé une fenêtre d'un coup de pied, rampé jusqu'à sa camionnette, tenu les flics à distance sur cent cinquante kilomètres environ. Le lendemain, quand il eut repris ses esprits, un flic frappa à sa

porte, tous le connaissaient, alors il se rendit. Le juge fut clément, le condamna à suivre une thérapie de groupe pour soldats atteints de stress post-traumatique au Centre pour Vétérans.

Quelques années plus tard, quand nous sommes allés ensemble au Vietnam, il semblait s'être rangé : plus d'autre récit d'entorse à la loi, un petit bijou de chalet qu'il était en train de construire au fond des bois pour sa nouvelle copine, sa maison un peu moins chaotique. Nous sortîmes déjeuner avec ses enfants.

Aujourd'hui, huit ans plus tard, et trois ans après le début d'une nouvelle guerre, je lui demande comment il va. Cela fait quelques jours qu'il se couche tôt, me raconte-t-il, se réveille à trois ou quatre heures, regarde les infos une heure ou deux, puis va prendre son petit déjeuner chez Flo's. Les autres ouvriers (charpentiers et plombiers, électriciens et mécaniciens) rapprochent des tables, parlent de la guerre. *Tu savais qu'à Camp Lejune* (une base de Marines en Caroline du Nord), *cinq puits sur sept étaient contaminés, et le gouvernement le savait, depuis cinq ans, et laissait quand même les femmes et les enfants de l'armée y boire ?* Je fais non de la tête, mais ne suis pas surpris. Ces jours-ci, c'est le Centre médical de l'Armée Walter Reed qui fait parler de lui, avec sa peinture qui s'écaille au plafond, les cafards dans la nourriture, des soldats souffrant de blessures à la tête errant d'un bâtiment à l'autre telle une armée de zombies, cherchant de l'aide. Nous parlons des soupes populaires qu'on installe sur les bases depuis quelque temps, dirigées par des groupes religieux, et du taux de suicide parmi les personnels de l'armée, le plus élevé qu'on ait jamais connu. Travis est remarquablement bien informé :

Ce sont les multinationales qui empochent le pognon, dit-il, *comme toujours.* Au début de la guerre, de nouveau, il a pété un câble, s'est pris un autre PV pour conduite en état d'ivresse, a perdu son permis durant huit mois, s'est fait arrêter de nouveau conduisant quand même, et a fini dix jours en taule, tandis que les bombes pleuvaient sur Bagdad. J'aborde le sujet d'Abou Ghraib. *On dirait que les choses ont dérapé avec l'équipe de nuit*, dit-il. Je lui parle des notes émises par la Maison-Blanche, au sujet des félicitations adressées à Charles Graner pour son travail, des photos tronquées afin que les agents de la CIA et les fournisseurs privés restent hors cadre. Il secoue la tête, mais n'est pas surpris. *On a l'air chouette maintenant*, dit-il. *L'invasion de l'Irak, c'était comme ouvrir la boîte de Pandore, plus personne ne sait comment tout remettre à l'intérieur.* Nous évoquons notre voyage au Vietnam, My Lai. Je lui dis que le baiser qu'il a déposé sur la main de cette rescapée pour lui demander pardon est l'un des plus beaux baisers que j'aie jamais vus, un de ceux qui changent votre vie, absolument. Je lui dis que le même homme a divulgué les photos de My Lai et celles d'Abou Ghraib. Travis secoue la tête.

Il y a une raison à notre présence ici, murmure-t-il.

Des souvenirs de notre voyage sont accrochés aux murs : estampe de buffle sur bois, chapeau de paille.

Inez est enceinte, lui dis-je.

Tiens-toi prêt, répond-il en souriant.

procédure standard

Ce qui m'a le plus surpris dans la rencontre des ex-détenus à Istanbul n'est pas leurs descriptions des tortures subies. Après tout, j'avais vu tous les documentaires, lu tous les procès-verbaux d'auditions. Ce qui m'a surpris, c'est qu'avant de les rencontrer, je m'étais créé une image mentale d'un ex-détenu type d'Abou Ghraib : une personne en colère, profondément marquée, penchant peut-être vers le fondamentalisme religieux. Pourtant, chacun de ces hommes était absolument unique, absolument humain. Chacun semblait avoir vécu les événements d'une façon totalement différente, et je reste surpris que cela ait pu me surprendre. Comme d'avoir oublié que chacun serait pleinement humain, pleinement complexe.

(2008) En relisant les notes prises à cette époque à Istanbul, je décide de ne pas écrire ce qui s'est passé, pas en détail, la nuit où Amir s'est fait traîner au bout d'une laisse. Les informations concernant le déroulement de cette nuit sont immédiatement disponibles et, en plus,

nous disposons des photos. Vous pourriez bien être horrifiés à leur vue, ou profondément affligés. Vous pourriez aussi penser que ce qui est arrivé était justifié, qu'il ne s'agissait que de quelques soldats indisciplinés, mais fort peu diraient que la police militaire ne fait qu'essayer d'aider l'homme en laisse. Du moins s'agit-il des réactions que j'ai imaginées. Mais quand j'ai vu le documentaire de Morris, puis lu le livre de Philip Gourevitch qui a accompagné sa sortie, tous deux intitulés *Standard Operating Procedure*, je n'étais plus si sûr de moi. J'ai apporté une attention toute particulière aux passages destinés à raconter les faits de cette nuit où Amir s'est retrouvé en laisse. Dans le livre, selon la version de la police militaire, Amir était un fou furieux, « il ne cessait de répéter qu'il détestait les Américains et qu'il voulait notre mort ». Toujours selon leur version, alors qu'Amir est au sol, dans une cellule d'isolement, « blessé au flanc et au dos, gisant dans l'urine et les excréments », il faut le déplacer, mais il refuse, ou est incapable, de bouger. Graner prétend qu'il voulait nettoyer la cellule avant l'arrivée du prisonnier suivant. Il était soucieux de déplacer Amir sans lui faire mal, donc il a demandé l'avis d'un médecin, qui lui a suggéré de lui passer une sangle autour du torse afin de le soulever. Mais la sangle, qu'England tenait en main, a glissé vers le bas (le haut ?) et s'est prise au cou d'Amir. Graner a trouvé ça drôle, et a donc pris des photos. La police militaire (et le médecin) ne nient pas que la photo soit accablante, mais insistent pourtant sur le fait qu'ils essayaient seulement d'aider Amir (« ... il ne lui a été fait aucun mal... », « ... mon souci était d'empêcher qu'on lui fasse du mal, à tout prix... »). Graner et England ont peut-être passé quinze minutes avec Amir cette nuit-là, selon eux, juste assez pour le déplacer sans risque.

À la lecture de ce rapport, je me trouvai à la fois amusé et scandalisé. D'abord, j'ai cru que Gourevitch donnait à Graner et England juste assez de corde pour se pendre, pour ainsi dire, mais tel n'était pas le cas. Gourevitch finit par prendre la version de cette nuit fournie par la police militaire pour argent comptant, et conclut :

> *Pour Gus [Amir] et la sangle... quand nous découvrons l'histoire, les images de lui avec England sont toujours choquantes, mais à présent le choc vient de ce que les images évoquent une situation bien pire, plus délibérément déviante et violente, que la réalité.*

Quand nous découvrons l'histoire : malgré les déclarations de Gourevitch, et tout autre éclaircissement (et ils sont nombreux) glané dans son livre, nous ne connaissons pas après la lecture de *Standard Operating Procedure* « l'histoire » de cette nuit où Amir a été traîné en laisse. On ne nous y propose que de reprendre à notre compte la version des tortionnaires. Amir, l'homme du mauvais côté de la laisse, est contraint au silence. Sa version est tout sauf « analgésique ». Selon le rapport des PHR[1], Amir raconte avoir été mis en laisse et traîné d'une cellule à l'autre, d'un étage à l'autre, des heures durant. Dans une cellule, on le pousse tête la première, la botte de Graner sur le crâne, contre ce plancher

1. « Physicians for Human Rights », équivalent américain de Médecins sans frontières.

souillé d'urine et d'excréments. Dans une autre, on le sodomise avec un manche à balai. Dans la dernière, Graner lui donne un coup de pied dans les testicules, tandis qu'England lui marche sur la main, lui brisant un doigt. À ce stade, Amir s'évanouit et on le traîne jusqu'à sa cellule. Que l'on choisisse de croire Amir est un autre problème, mais au moins il mérite qu'on lui accorde autant d'encre qu'à ses tortionnaires. À Istanbul, alors qu'Amir nous parlait de cette nuit-là, il a levé son doigt cassé devant chacun de nous, et chacun s'est penché pour le voir de plus près. Près de quatre ans plus tard, les dégâts ne sont presque plus visibles (*le corps se hâte de guérir*) mais les médecins ont leurs rayons X, la Croix-Rouge ses archives, et les PHR ont corroboré le tout. En achevant son histoire ce jour-là à Istanbul, il a touché la photo : *C'est ce qui est arrivé cette nuit-là*, dit-il, *mais il y a eu d'autres fois, d'autres nuits.*

éclipse

La nuit dernière, il y a eu une éclipse de lune. J'ai tenu Lulu devant la fenêtre pour qu'elle voie. Je lui ai parlé du soleil, de la terre, de la lune, de l'éclipse. Je lui ai dit *Tu es le soleil, moi la lune, je tourne autour de toi, et parfois une ombre tombe sur ton visage, parfois un pan d'obscurité s'élève en nous, mais il n'est pas réel, nous ne pouvons pas croire qu'il le soit.* Je lui ai tenu la tête comme un soleil, et nous nous sommes déplacés en cercle dans la pièce, en chantant *Little darlin, it's been a long cold lonely winter*[1], jusqu'à ce qu'elle cesse de pleurer et s'endorme.

Avant sa naissance, si j'essayais de la *vi-su-a-li-ser*, je finissais toujours par retomber dans une voiture déglinguée grimpant une colline branlante sur des montagnes russes, ce bébé minuscule au sommet. Quand je l'atteignais, la prenais dans mes bras, la voiture entamait son inévitable descente, puis partait en chute libre. Ma peur, bien que je ne l'aie jamais formulée, était en partie de ne pas pouvoir la retenir pendant que nous chutions, et de

1. « Ma petite chérie, cet hiver a été long, froid et solitaire. »

la voir échapper à mon emprise, s'envoler ; je ne parvenais pas à imaginer qu'elle pouvait simplement tomber avec moi, en sécurité dans mes bras.

QUATORZE

le mauvais océan

(2008) Je me réveille tôt, prends Lulu dans le lit et l'emporte au salon, laisse Inez finir sa nuit. Lulu sourit à la vue de la lumière du jour, des ombres qui passent sur le mur de briques face à la fenêtre de cuisine. Elle semble heureuse du retour du soleil. C'est si simple. Au crépuscule, elle lance des regards terrifiés par la fenêtre, apparemment troublée par l'obscurité, se demandant où tout s'en va. En cela, elle me ressemble : je souris le matin et, au fil de la journée, le trouble me gagne, à cause de tout ce qui m'agresse. *Ultrasensibles*, c'est comme ça qu'on nous appelle. Les *vespéraux*. À la tombée de la nuit, elle pleure, c'est aussi simple que ça. *Nothing you can do that can't be done* (je lui chante à l'oreille, faisant le tour de la cuisine, en me balançant doucement, Lulu dans mes bras), *nothing you can sing that can't be sung*[1].

1. « Il n'y a rien de ce que tu peux faire qui ne peut être fait, rien de ce que tu peux chanter ne peut être chanté », extrait des paroles de la chanson des Beatles *All You Need Is Love*.

Le livre que j'ai lu après la mort de ma mère, ce manuel pour gérer le trauma, ne disait pas quand le changement allait survenir, quand on pourrait enfin continuer à vivre. Aussi, une année après l'autre, j'ai vécu sur le bateau. Une année après l'autre, j'emportais ma carcasse au large à la rame, examinais la ligne du rivage, et j'attendais. Dix ans : pourquoi m'a-t-il fallu si longtemps pour remettre pied à terre, pourquoi si longtemps pour perdre le pied marin ? Le bateau avait été construit l'année de la naissance de ma mère (1939 : l'année de sortie du *Magicien d'Oz*, l'année de la mort de Freud), aussi contenait-il quelque chose d'elle ou, du moins, c'est ce qu'il me semblait. Nous avions dispersé ses cendres dans l'Atlantique : vivre sur le bateau était le moyen de vivre au plus près d'elle. On pourrait dire que je me sentais porté par l'eau et que, comme Dorothy, j'essayais seulement de retrouver le chemin de la maison. Cela m'a permis, durant un temps, de me dissoudre dans un élément plus vaste que moi, jusqu'à ce que, au bout du compte, même l'océan ne fût plus assez grand pour me contenir.

hue !

(2008) Mon grand-père, le père de ma mère, appelle la jeune Irlandaise qui s'occupe de lui en agitant une clochette de cuivre en forme de grue. Je lui rends visite quelques semaines avant la naissance de Lulu. Il tient la cloche par le bec quand il la secoue. Si je me laisse aller à imaginer ce dont j'aimerais me souvenir chez lui, je ne peux penser qu'à cette clochette, cette grue. Encadrée au mur, derrière sa tête, se trouve une silhouette, dont je me souviens que ma mère l'a réalisée durant une panne de courant, mon frère tenant une torche braquée sur ma tête, ma mère traçant mon profil au crayon sur la feuille noire punaisée au mur. Je la vois la décrocher, puis la découper. La jeune Irlandaise entre dans la chambre, sourit, se penche sur le lit et demande *Que puis-je faire pour vous ?* Ses nattes blondes lui caressent presque le visage, mais il a déjà refermé les yeux. Petite fille, ma mère se faisait des tresses. J'ai des photos, j'ai vu le tableau la représentant à côté du cheval. Je me la rappelle même avec des nattes, parfois, alors qu'elle était déjà ma mère. C'est étrange, mais dans la chambre de mon grand-père, dans sa maison entière, il n'y a point de

photo d'elle. Non que ce soit une maison sans photos : les murs, les bibliothèques, les sets de table, tous sont largement garnis de cousins, d'oncles, d'inconnus, les photos sont partout. Mais aucune de ma mère ; quant à mon frère et moi, il n'y a que cette silhouette, comme si on avait effacé notre branche, réduite à une simple ombre. Grand-père et moi ne parlons jamais de ma mère, pas vraiment, mais je l'ai interviewé un jour à son sujet, quand je tournais le documentaire, le film de famille, sur les ex de ma mère. Je voulais lui poser l'une des questions que je leur avais posée à tous : *Comment as-tu appris sa mort ?* Grand-père portait un costume pour l'interview, assis bien droit à son bureau, mais au bout de quelques secondes il se mit à pleurer — je ne l'avais jamais vu pleurer. *Je n'ai pas su l'aider*, dit-il. Dix ans plus tard, dix années de plus sans prononcer son nom, où je suis venu m'asseoir près de lui chaque fois que je le pouvais, depuis qu'il s'est cassé la hanche. Il me parle parfois de l'univers, de ses rêves fiévreux, et parfois je retranscris ses propos dans un petit carnet. Nous savons tous deux qu'il mourra dans ce lit, il meurt d'ailleurs deux jours après la naissance de Lulu, qu'il ne tiendra jamais dans ses bras. L'Irlandaise et moi sommes auprès de lui à présent. Il ouvre les yeux, nous raconte son rêve : *Je descendais à pied une route de montagne, un homme dans une voiture tirée par quatre chevaux s'est approché de moi. La voiture a fait halte à côté de moi, la porte s'est ouverte, mais j'ai dit que je préférais marcher.* Il sourit, referme les yeux. L'Irlandaise me fait un clin d'œil, se penche sur lui, de nouveau lui demande ce qu'elle peut faire pour lui. Il ouvre les yeux, prend une natte dans chaque main, *Hue*, fait-il.

don't be cruel

(2008) Elvis (*The King*) est apparu récemment sur l'écran de télé de ma chambre d'hôtel alors que j'essayais de m'endormir en zappant. Je passais deux jours en Californie, sans Inez et Lulu pour la première fois. Dans le film (*L'homme à tout faire* ? *Le tombeur de ces demoiselles* ?), Elvis joue le rôle d'un musicien qui doit parler au receveur des impôts, je ne suis pas allé plus loin en ce qui concerne l'intrigue. Je ne pouvais détacher mes yeux de celui qui, dégageant cet énorme magnétisme animal, muet, semblait incarner l'Amérique.

Platon (plus généreusement que moi) l'a formulé ainsi :

> *Un homme sensé se rappellera que les yeux peuvent être troublés de deux manières et par deux causes opposées : par le passage de la lumière à l'obscurité, et par celui de l'obscurité à la lumière ; et, ayant réfléchi qu'il en est de même pour l'âme, quand il en verra une troublée et embarrassée pour discerner certains objets, il n'en rira pas sottement, mais examinera plutôt si, venant d'une vie plus lumineuse, elle est, faute*

d'habitude, offusquée par les ténèbres, ou si passant de l'ignorance à la lumière, elle est éblouie de son trop vif éclat.

À l'époque où Elvis a tourné ce film, il avait sans doute déjà plus que commencé à se laisser aller sous l'effet des drogues, ou peut-être sentait-il venir cette déliquescence, vautré dans son fauteuil, échoué là avec son calice en argent rempli de cachets et ses sandwiches frits au beurre de cacahuète. En le regardant à l'écran, je me demandais si les drogues avaient commencé à l'imprégner par chaque pore. Parfois, tout ce qui nous reste est notre ombre, parfois des années entières de notre vie s'écoulent ainsi, dans le dialogue d'une ombre avec elle-même.

(2004) Pendant la campagne présidentielle, quelques mois après la divulgation des photos d'Abou Ghraib, nous avons aperçu l'ombre de notre Président, parlant de ses filles qui venaient de passer une ou deux nuits au poste pour ivresse, comme lui à leur âge (et, dans un esprit de révélation totale [*totale ?*], je reconnais l'avoir fait aussi) :

LEHRER : Réponse de 90 secondes, Sénateur.

KERRY : Eh bien, tout d'abord, j'apprécie énormément les commentaires personnels que vient de faire le Président. Je les partage avec lui. Je crois qu'il n'y a qu'en agissant ainsi, et il l'a fait plus que moi durant sa présidence, qu'on peut commencer à percevoir ce que ça signifie pour nos familles. Et c'est dur. Je reconnais que ses filles... je les ai observées. Leurs commentaires m'ont plus d'une fois fait rire sous cape.

(RIRES)

Et...

BUSH : J'essaie de les tenir en laisse.

(RIRES)

KERRY : Ma foi, je le sais. J'ai appris à ne pas le faire.

(RIRES)

J'essaie de les tenir en laisse. Ceci, vous vous en souviendrez, n'a eu lieu que quelques mois après la publication des photos d'Abou Ghraib, dont plusieurs montrent Lynndie England traînant (bien qu'à contrecœur) un Irakien nu (Amir) par le cou au bout d'une laisse. C'est la seule référence, évasive, indirecte, à la torture pendant tous les débats, tandis que beaucoup en étaient encore à essayer de faire rentrer ces ombres dans leur boîte.

(2006) Bush est interrogé par des journalistes sur la décision de la Cour suprême dans l'affaire Hamdan.

Je vous en prie, plaisante-t-il, *rappelez-vous ce tube d'Elvis en me posant vos questions :* Don't Be Cruel, *ne soyez pas cruels.* Bush se tient à côté de Koizumi, Premier ministre du Japon (apparemment, Koizumi est mordu d'Elvis). Les deux hommes sourient à la caméra. Ils rentrent tout juste de Graceland. *Don't be cruel*, dit Bush en plaisantant, et les journalistes, ses perroquets, éclatent de rire, puis posent leurs questions vides de sens, et Bush, en substance, ne répond rien : son ombre a déjà parlé. *Don't be cruel*, chante Elvis, et son ombre continue de chanter, mais ce n'est pas une prière de ne pas se montrer cruel envers quiconque, ça ne l'a jamais été. *Don't be cruel*, ne sois pas cruelle, plaide Elvis, *to a heart that's true*, envers un cœur vrai. Elvis chante, Bush chante, ses perroquets chantent, Koizumi chante, et je me surprends à chanter avec eux, dans ma tête, au plus profond, ce chant pourtant arrivé inopinément en moi.

(2008) Il y a deux jours, le Président a annoncé, par le biais d'un porte-parole, et apparemment de façon éhontée, que nous avons torturé dans le passé et sommes prêts à recommencer. Quand on révèle que ses conseillers se sont réunis pour débattre de techniques de torture spécifiques, Bush, irascible, affirme avoir été au fait des débats. Fin de partie : finis le brouillard, les miroirs, finis les secrets d'État, maintenant c'est cartes sur table. Bientôt quatre ans que les photos ont été divulguées : *Voici qui nous sommes*, semble dire le Président, *qui nous avons toujours été.* Il y eut, il fut un temps, une possibilité de déni plausible, mais en vérité ils n'ont,

nous n'avons pas essayé de nier quoi que ce soit, pas complètement. Nous savons tous ce qui a été fait, nous l'avons toujours su, et à présent (*le mot fait chair*) cela a été formulé, tout simplement.

solaris (la maison des pères inconnus)

Dans *Solaris*, ce film de 1972 d'Andreï Tarkovski, un astronaute se réveille au matin pour la première fois dans son vaisseau, sa femme endormie à ses côtés, le bras sur son torse. Le seul problème est que sa femme s'est suicidée des années plus tôt, donc cette femme semble devoir être le fruit de son imagination, ou de sa névrose, l'incarnation de son désir, ou de son sentiment de culpabilité. Le vaisseau spatial, selon les termes de Zizek, est devenu le « id » d'une « machine ». Comme l'écrit Zizek : *C'est relativement facile de se débarrasser d'une personne réelle. On peut l'abandonner, le ou la tuer, enfin comme on veut. Mais un fantôme est bien plus tenace. Il reste collé à vous comme une sorte de présence spectrale.* Un autre astronaute, tandis que la morte gisant sur le plancher du vaisseau, pour la énième fois, se relève, se contente de hausser les épaules : *C'est terrifiant, n'est-ce pas? Je ne m'habituerai jamais à ces résurrections perpétuelles.*

Un an après la naissance de Lulu, j'apprends qu'Abou Ghraıb, en arabe, veut dire *Maison des pères inconnus* :

peut-être est-ce là la clé, aussi simple que ça, la raison impérative qui m'a poussé à me débattre avec ces ombres. Le père de ma mère était mourant, j'accompagnais mon père vers son dernier souffle (ou du moins celui de son appartement), et je me trouvais moi-même au seuil de la paternité. Les vies de mes parents avaient toujours joué le rôle de carte géographique, mais il est parfois si dur de s'y retrouver, tant de lieux semblant marqués pour que je les évite. Pourtant ce sont les lieux où j'ai toujours fini par me retrouver : où d'autre aller ?

Hier soir, j'ai reçu un appel d'Eli, un ami avec qui j'ai passé des jours et des nuits quand je vivais à Rome. C'est Eli qui m'a trouvé mon appartement à mon arrivée. Son père était mort un an plus tôt. Je lui demande comment ça va, et il me répond qu'aussi étrange que ce soit de l'admettre, il sent qu'il n'a plus les pieds sur terre maintenant que son père a disparu. *Les pieds sur terre* : les mots que j'ai employés pour essayer de décrire les changements que Lulu a apportés dans ma vie. *Les pieds sur terre.* Acheter une maison n'a pas suffi, pas plus qu'écrire un livre. Peut-être que « les pieds sur terre » désigne seulement la conscience de se trouver bientôt six pieds sous terre, peut-être est-ce pourquoi j'y ai résisté tout ce temps. Ou peut-être était-ce seulement ma nature, de vivre sur l'eau, en errance. À présent, comme je regarde Lulu se redresser sur le plancher, j'ai le sentiment que c'est ce qui doit être, d'avoir mes jambes en-dessous de moi, pour une fois.

Le calendrier posé à côté de la caisse dans le café où je vais écrire est tiré de la BD *The Far Side*. La page du jour montre deux gardiens de prison conduisant un clown à la chaise électrique le long d'un couloir. L'un dit à l'autre *Je ne crois pas que j'aurai le courage de le dire à mes enfants, pour celui-ci*. Cette année, le prix Nobel de physique a été décerné à trois astrophysiciens japonais qui, d'après ce que j'ai compris, ont prouvé que l'univers n'existe que par erreur : si les lois de l'univers étaient en parfaite harmonie, rien ne serait venu à la vie. Le Big Bang ne se serait pas produit, car tout aurait été parfait comme ça. *Ce qui prouve qu'il n'est point de théorie parfaite de l'univers*, commente le journaliste.

voici le soleil

Chaque Noël, pendant quelques années consécutives, qui semblaient et semblent encore devoir durer toujours, le nouvel album des Beatles attendait sous le sapin. Certaines années, il y en avait même deux, comme en 1968, l'année du singe, où deux carrés parfaits étaient emballés de papier de soie rouge et vert. Nous connaissions déjà la moitié de la plupart des chansons, mais pas toutes les paroles. L'un des albums s'ouvrait comme un livre d'images pour enfants : John, Paul, Ringo et George nous regardant, portant l'uniforme de quelque armée psychédélique. John, Paul, Ringo et George traversant une rue en costumes blanc, noir, pieds nus et en jeans. Avant ce jour, nous avions dû rester assis dans la voiture à attendre la fin de *Here Comes the Sun* ou de *Hey Jude*. Nul, jusqu'à cet instant, n'avait jamais entendu *Hey Jude*, mais à partir de cet instant la chanson serait toujours là, et à partir de cet instant elle ne nous quitterait plus.

Quelques années après la séparation des Beatles, je livrais des journaux, le *Boston Globe*, dans le quartier, avant le lever du soleil. Parfois, ma mère me conduisait en voiture, s'il avait neigé pendant la nuit, ou si j'étais en retard pour l'école. L'intérieur de sa voiture bien chaud m'attendait quand je revenais en pataugeant de chaque perron, la radio à faible volume. Mais la plupart du temps j'étais seul, à vélo ou à pied, et je marquais une pause, toujours sous le même lampadaire, pour voir ce qui se passait dans le monde. Je suivais un fait d'actualité pendant les jours ou les semaines de sa publication, d'abord à la une, puis de plus en plus loin dans le corps du journal. Vietnam. Watergate. Patty Hearst. Un matin, la photo en première page était un avion qui s'était écrasé à l'aéroport de Logan, à moins de cinquante kilomètres au nord. Il avait tenté de décoller mais quelque chose l'avait maintenu au sol : de la glace sur le fuselage, une aile brisée, ou un boulon dévissé. Ou peut-être s'était-il écrasé en essayant d'atterrir, dépassant la piste, ou peut-être les freins avaient-ils lâché, je ne m'en souviens plus à présent. Ce dont je suis certain est que tous les passagers étaient morts, tous, à l'exception d'un, et cet homme, ce seul survivant, était la raison pour laquelle je lisais le journal chaque jour, à la recherche de nouvelles de lui. Disons qu'il s'appelle Manuel. Il est resté en vie des jours durant, qui se sont changés en semaines, avec d'horribles brûlures, emballé de gaze, immobilisé, mais vivant. Tous les jours, je passais le journal au peigne fin à la recherche de nouvelles de lui, tous les jours ma mère me demandait s'il y avait quelque chose sur lui. Je voulais qu'il s'en sorte, pour une raison qui m'échappe je voulais désespérément qu'au moins une personne échappe à cet impossible désastre.

QUINZE

étang

(2008) Affamée, Lulu fait entendre son petit cri aux premières lueurs du jour (*cellule par cellule*). Quelques minutes plus tôt, elle avait émis un roucoulement (*les cellules ont produit des cellules*), qui devint la texture du rêve que je faisais (*ce qui revient à dire que le bébé est composé pour l'essentiel de lait*), un roucoulement qui voulait dire que tout allait bien se passer. Je sors du lit, plonge dans le froid de la grange, et me dirige vers l'autre pièce, que nous avons isolée et chauffons avec un radiateur à bain d'huile, comme ce sera un jour le cas de notre chambre, dès que nous nous déciderons (si nous nous décidons) à poser les portes. Le reste de la grange, que je traverse rapidement, est plus ou moins soumis aux aléas du climat qui règne à l'extérieur, et ce matin, à l'extérieur, il fait frais, et tout est noyé dans le brouillard. Depuis que je vis dans la grange, il y a eu des nuits où je me suis éveillé pour uriner, et me suis trouvé arrêté à mi-chemin des toilettes, l'air sombre autour de moi crépitant de lucioles. Ou s'il y avait des éclairs dehors, l'intérieur de la grange aussi s'illuminait. Mais c'étaient des nuits d'été, quand nous

dormions en laissant les grandes portes-fenêtres coulissantes ouvertes.

Après avoir changé et nourri Lulu, nous jouons un moment tous les deux en silence sur le tapis : son jeu favori du moment est *papa va t'attraper*. Puis nous prenons le chemin de l'étang, laissant Inez dormir encore un peu, le petit corps de Lulu sanglé à mon torse comme un parachute.

Nous nous étions installés dans la grange en mai dernier afin de pouvoir louer la maison. L'argent manquait après la naissance, donc au printemps j'avais proposé de rénover la grange, ce que je savais faire, ou du moins avais-je assez d'amis pouvant donner un coup de main. Des années durant, avant même que je ne rencontre Inez, la grange servait de débarras : une tondeuse à gazon qui ne démarre pas, une centaine de fenêtres dépareillées, une autre grange, au complet, démantelée, stockée en piles impeccables, un réfrigérateur cadenassé.

La grange a cent cinquante ans, et elle tient debout grâce à d'énormes poutres de près de vingt mètres de long en noyer blanc d'Amérique, espèce qui ne pousse plus ici, ni ailleurs non plus peut-être, depuis bientôt cent ans. Le toit est en ardoises, des faucons (crécerelles) vivent sous la coupole : tout peut arriver dans cette grange. Elle pourrait se changer en théâtre, abriter un avion. On pourrait y construire une pièce, une cachette au cas où les choses tourneraient mal. Le temps d'arriver à l'étang, mes bottes sont trempées de rosée. Des nuées de vapeur s'élèvent de la surface de l'eau complètement immobile.

Un mois plus tôt, le terrain était encore si envahi de végétation qu'on ne pouvait que deviner l'étang depuis l'étroit chemin qui relie un pré à l'autre. La nuit, on entend les crapauds, mais sans bien savoir d'où vient le bruit. Il semble venir du point le plus bas des terres, où se trouvent les étangs en général, s'il y en a. J'ai posé la question à Inez, mais tout ce qu'elle avait entendu dire, c'est qu'en hiver on ne pouvait pas patiner sur l'étang, trop profond pour geler, ni nager en été, parce qu'il n'était pas assez grand. Cela semblait contradictoire, mais incapable de bien distinguer l'étang, je ne pus vérifier aucune des deux assertions. Chaque année, les rosiers sauvages poussaient plus dru, étendant leurs longues vrilles épineuses, qui vous lacéraient les bras si vous essayiez de les écarter pour mieux y voir. D'après ce que j'apercevais, il était possible que l'étang ne soit pas plus gros qu'une bassine, autrement dit que ce ne soit pas un étang. Fort probablement, il n'était que vernal, s'évaporait en été, ne laissant qu'un emplacement boueux. En cette saison, quand la végétation était la plus dense, cela paraissait tout à fait possible.

Peu de temps après avoir emménagé dans la grange, je décidai d'essayer de le dégager.

Le terrain n'avait pas été débroussaillé depuis huit ans, laissant les rosiers sauvages, les caroubiers et les sycomores tout envahir. Je trouvai quelqu'un en possession de la machine adéquate. Au bout de la première journée, il avait taillé un chemin menant au bord de l'étang, et je pus marcher jusque-là et regarder l'autre rive. À mon approche, des centaines de grenouilles plongeaient en faisant des éclaboussures dans l'eau couleur thé, où quelques arbres laissaient mollement tremper leurs branches, leurs feuilles flottant en surface. L'étang n'était pas grand, on pourrait le traverser en dix brasses environ, estimai-je, quand il serait un peu mieux dégagé.

Je passai les semaines suivantes, chaque fois que j'avais une heure devant moi, d'ordinaire pendant la sieste de Lulu, à nettoyer les berges marécageuses de l'étang, hors de portée de la débroussailleuse. On était en août à présent, et un ami louait la maison. Plus tard, il me dit qu'il m'avait observé tailladant les broussailles, et s'était demandé si travailler à ce livre sur Lulu et la torture ne m'avait pas rendu un peu fou. De sa fenêtre, l'étang restait invisible. Il ne voyait que moi, apparaissant de nouveau au sommet de la colline au bout d'une heure environ, torse nu, la sueur gouttant de la pointe de mon nez, les jambes boueuses, mes bras en sang à cause des épines. Le soir, au dîner, je lui parlais de l'étang, si beau, où nous avions vu un héron récemment, lors de mes sorties matinales avec Lulu, ou peut-être un butor, assis sur une branche, surveillant l'eau. J'ignorais si le héron avait toujours vécu là, tout le monde l'ignorait, car jusqu'à ce jour l'étang était resté invisible, depuis de nombreuses années. Pendant les semaines passées à le dégager, je n'écrivis pas un mot, et il est fort possible que je n'eus pas la moindre pensée en tête, à part Lulu (ma reine des fées) et cet étang.

l'oiseau-roi

(2004) En février, un ornithologue amateur prétend avoir vu dans l'Arkansas un pic à bec d'ivoire, également connu sous le nom d'oiseau-roi, espèce considérée comme éteinte depuis maintenant soixante ans. Si c'est vrai, ce serait une très bonne chose, comme si une amante crue morte depuis longtemps venait sonner à votre porte. Puis, à la fin du mois d'avril, à peu près au moment de la divulgation des photos d'Abou Ghraib, un autre homme en Arkansas prétend avoir fait une vidéo de quatre secondes d'un pic à bec d'ivoire en plein vol. Les ornithologues sont en larmes (*si vous ne pleurez pas pour ça, quand pleurerez-vous ?*). L'un d'eux déclare *Cela prouve qu'il y a de l'espoir, contre toute attente.* Mais peu après, un dauphin albinos, espèce qu'on ne trouve que dans le Yangzi, connu parmi la population locale sous le nom d'*esprit de la rivière*, est ramené sur la rive, et on craint que ce ne soit le dernier. Puis les abeilles commencent à quitter leurs ruches, comme si elles avaient oublié comment rentrer chez elles, comme si elles s'étaient perdues. Le *syndrome d'effondrement des essaims*, comme le nomment les apiculteurs, qui

évoquent plusieurs causes possibles : le trouble causé par les ondes électromagnétiques émises par les tours de téléphonie mobile ; les effets d'un super-pesticide, dérivé de la nicotine, qui ne reste pas en dépôt sur la feuille, mais devient partie intégrante de la plante, entraînant chez les insectes prédateurs (et sans doute les hommes aussi) qui les consomment une perte de mémoire, des désordres comportementaux et finalement la mort.

(2009) Mon père a désormais un lit près d'une fenêtre, ses vêtements sont toujours propres, il prend trois repas par jour. Il vit dans une « maison de repos prolongé », un institut médicalisé. Il prend toujours un peu d'Ativan, qui semble atténuer son anxiété. Les portes ouvrant vers l'extérieur restent verrouillées, donc il ne peut pas s'aventurer dehors pour acheter de l'alcool. À ma connaissance, c'est la première fois qu'il est sobre. Ses histoires ont changé, il ne répète plus sans relâche les quelques mêmes récits. Mais son esprit est mort. Il sait qui je suis, vaguement, mais ne se rappelle pas où il m'a vu la dernière fois, ni quoi que ce soit de ma vie. Je peux bien lui dire cent fois qu'il est grand-père, rien à faire, ça ne rentre pas. Lors de notre dernière visite, nous avons amené Lulu, pour qu'ils fassent connaissance. Peut-être ainsi allait-elle devenir réelle à ses yeux. Nous avons même pris une photo de lui la tenant dans ses bras, et, du moins l'espace d'un instant, tous deux semblaient joyeux. Mais tandis que l'heure avançait, mon père avait bien du mal à tout garder à l'esprit. Lulu était-elle sa fille ou sa petite-fille ? Inez sa sœur ou sa femme ? À un moment donné, il me prend à

l'écart : *Il faut que je te parle*, dit-il. *Ils me traitent comme un millionnaire, et je n'ai pas d'argent. Je ne sais pas ce que je vais faire quand ils vont s'en apercevoir.* Je lui glisse quelques dollars dans les mains. *Je suis en train de m'en occuper*, dis-je pour le rassurer.

À la fin des *Revenants*, ce film de zombies français, une femme suit presque son amant qui rentre sous terre. C'est toujours un choix, comme le suggère le film. Rien à foutre, des zombies, me dis-je à voix basse. Rien à foutre des fantômes. Seuls ceux qui n'ont jamais perdu personne croient aux morts-vivants. La résurrection, la métamorphose : rien à foutre. Le seul miracle, c'est la chair, et la conscience. Le seul miracle, c'est maintenant. Lulu est le seul miracle (le mot « Lulu » est le seul miracle). Qu'Inez et moi continuions à imaginer la suite, être ensemble, être avec Lulu, avoir conscience que c'est une pratique quotidienne, c'est le seul miracle. C'est si simple; parfois nous avons seulement besoin que quelqu'un nous prenne dans ses bras, ou besoin qu'on nous dise que nous sommes beaux. Parfois même nous pourrions avoir besoin de croire que les morts vont revenir, mais ils ne reviennent pas, pas vraiment. Ce n'est qu'un rêve, le même peut-être qui vous fait sentir en sécurité alors que vous cherchez à arracher une réponse de quelqu'un qui est attaché à une chaise. Nous avons vécu si longtemps avec l'idée que le pic à bec d'ivoire avait disparu, mais c'était faux. Il s'était enfoncé plus profondément dans les bois, puis il est revenu. La seule question qui demeure est combien de temps va-t-il rester.

(2008) Au lever du jour, assis sur le sofa, je glisse le DVD du *Magicien d'Oz* dans mon ordinateur, Lulu endormie dans mes bras. Presque aussitôt, je ne sais pourquoi, les larmes me montent aux yeux. Dorothy, au tout début, essaie de rentrer chez elle : mythique, pourtant aussi simple qu'un conte de fées, comme suivre des miettes de pain dans une forêt sombre. Lulu bouge un peu, me sourit, cherche à attraper mon nez, puis est distraite par les feuilles de la plante derrière ma tête. J'éteins l'ordinateur, une joie simple et pure emplit la pièce. Ces feuilles qu'elle regarde fixement, elle ne peut même pas les voir, ni le vert, ni leurs formes, elle plonge simplement les yeux dans le monde : tout est trouble, mais peu à peu tout devient net. Bientôt elle aura son instant *Magicien d'Oz*, déjà les cônes et les bâtonnets se développent dans ses yeux, bientôt le monde va se transformer, passer du noir et blanc à la couleur, comme ce moment où Dorothy pénètre dans le pays d'Oz.

[quelques notes]

Ci-dessous se trouve la liste des œuvres auxquelles il est fait référence dans le texte, par chapitre, ainsi que d'autres œuvres, sources de données ou influences sur ma pensée. En outre, quand il semblait nécessaire d'en dire davantage sur un sujet, ces pensées sont insérées sous forme de *notes*. La plupart des articles mentionnés ci-dessous se retrouvent sur le site www.nickflynn.org.

comment se perdre : guide pratique

Rebecca Solnit, *A Field Guide to Getting Lost* (Viking, 2005), p. 22.

Erik Jonsson, *Inner Navigation : Why We Get Lost and How We Find Our Way* (Scribner, 2002).

poignée de main

Sam Harris, *The End of Faith* (Norton, 2004), p. 199, 193, 52.

maniaque

note : Que les juges du PEN aient été trois femmes a quelque chose de troublant pour moi, tout comme le fait que certains des tortionnaires d'Abou Ghraib aient été des femmes : est-ce là ce qu'avaient prévu les pionnières du féminisme ? Angela Davis souligne que les termes « égalité des chances » ont été déformés pour ne plus signifier qu'un « accès égal aux instruments d'oppression ».

note : Les comptes rendus cités de *The End of Faith* sont tirés du *Chicago Tribune* (nulle mention de torture) et du *New York Sun* (nulle mention de torture).

note : Pour de plus amples informations sur l'histoire secrète de l'implication de l'Amérique dans la torture, voir School of the Americas Watch (www.soaw.org).

pléiades

Edgar Allan Poe, « Le puits et le pendule » : *Ce n'était pas que je craignais de regarder des choses horribles, mais j'étais épouvanté de l'idée de ne rien voir.*

bienvenue dans l'année du singe

Seymour M. Hersh, *Chain of Command* (HarperCollins, 2004).

note : L'un des (nombreux) efforts de reconstruction qui se poursuivent parmi la population de La Nouvelle-Orléans est visible sur le site www.paydirt.org (Mel Chin).

une question simple

note : L'observation sur les écoles devant leur nom à Martin Luther King vient de Jonathan Kozol, *Shame of a Nation.* Au sujet des bons résultats obtenus dans les écoles de Harlem, voir Geoffrey Canada's Harlem Children's Zone (www.hcz.org).

note : La troisième et dernière strophe du poème « A Story That Could Be True » (Une histoire qui pourrait être vraie) est :

Ils n'entendent pas le chuchotement qui
Chaque jour te parcourt l'esprit,
« Qui es-tu vraiment, vagabond ? »
Et la réponse que tu feras
Même si autour de toi

Le monde est sombre et froid :
« Peut-être suis-je un roi. »

on ne prend pas de photos

note : Les apologistes de la torture cités dans ce chapitre sont Rush Limbaugh, Trent Lott, et Charles Krauthammer (*Weekly Standard*, 2 décembre 2005).

note : À l'époque, le secrétaire à la Défense était Donald Rumsfeld. Il avait grandi dans la même ville qu'un de mes amis proches, et, enfants, on l'appelait « Don la menace » dans le quartier, le garçon le plus vicieux du terrain de jeux.

note : ... est-il possible de s'être trouvé là sans être hanté ? Michael Herr, *Dépêches* (citation approximative).

tout jeté par-dessus bord

note : Since You're Gone est un titre de l'album des Cars *Shake It Up*, qui n'est sorti qu'en 1981, mais alors déjà nous conduisions de plus petites voitures en écoutant des cassettes.

le livre de daniel

Dante, *L'Enfer* (ma traduction).

la solitude de dieu (connue)

note : Le refrain répété de *la solitude de Dieu...* est tiré de l'essai de Fanny Howe « Bewilderment » (L'étonnement), dans son recueil intitulé *The Wedding Dress : Meditations on Word and Life* (University of California Press, 2003).

l'allégorie de la caverne

note : « les éclairs juifs » est l'expression qu'employait ma mère pour désigner l'incendie volontaire par le résident de sa propre maison afin d'être remboursé par l'assurance, expression qui, comme celle de ma grand-mère pour désigner les noix de Brésil, « orteils de nègre », avait sur moi l'effet que toute formule méprisante a sur un enfant : elle me jetait dans un trouble profond, et me laissait dans un état de tristesse intense. *N'arrosez pas les graines de la haine*, nous prie Thich Nhat Hanh.

note : Certains spécialistes s'interrogent sur l'origine de cette allégorie de Platon — l'a-t-il rêvée, ou lui est-elle venue alors qu'il était pleinement éveillé ?

note : En 2005, lors d'un débat tenu à Chicago, John Yoo, ex-avocat du ministère de la Justice et l'un des architectes de la doctrine de la torture selon Bush, a déclaré que, selon lui, le président a le pouvoir de donner l'ordre qu'on écrase les testicules d'un enfant, si l'on juge qu'un tel acte est dans l'intérêt des États-Unis. Yoo enseigne maintenant le droit à l'université de Californie à Berkeley.

note : Elaine Pagels, dans *The Origin of Satan*, prétend que Satan, dans l'Ancien Testament, est plus un obstructionniste qu'une force active du mal.

note : Le vice-président, Dick Cheney, a tenu ces propos dans le cadre de l'émission *Meet the Press*, le 16 septembre 2001.

note : Le programme clandestin connu sous le nom de « reddition extraordinaire » a commencé sous l'administration Clinton, puis s'est développé selon une progression exponentielle sous G. W. Bush. En août 2009, l'administration Obama a annoncé que le programme se poursuivrait.

note : À l'époque, le secrétaire d'État était Colin Powell. Dans son autobiographie, *Un enfant du Bronx*, Powell discute, non sans une certaine fierté, de l'efficacité d'un programme mis en œuvre pendant la guerre du Vietnam : des hommes en âge d'être soldats (MAM, « *military-aged men* ») étaient sélectionnés pour être exécutés, même s'ils n'étaient pas armés. *Si un hélico repérait un paysan en pyjama noir ayant l'air vaguement suspect, un MAM potentiel, le pilote virait et faisait feu devant l'homme. Si ce dernier bougeait, c'était la preuve, jugeait-on, de l'hostilité de ses intentions, et la salve suivante ne tombait plus à proximité, mais droit sur lui.* Prendre un civil sans arme pour cible est un crime de guerre quasiment dans le monde entier.

note : Un essai sur l'inefficacité et la nature dégradante de la torture, écrit par Vladimir Bukovsky, ancien activiste des droits de l'homme en Union soviétique (*Washington Post*, 18 décembre 2005), commence par une blague des années 50 sur les Soviets : *Par un matin néfaste, Camarade Staline découvre que sa pipe favorite a disparu. Tout naturellement, il appelle Lavrenti Beria, son homme de main, et lui demande de la retrouver. Quelques heures plus tard, Staline la trouve dans son bureau et annule la recherche. « Mais, Camarade Staline, bégaya Beria, cinq suspects ont déjà avoué l'avoir volée. »*

john doe

note : Touchez le moindre fil et toute la toile tremble. Stanley Kunitz.

note : La coïncidence n'est que la partie émergée de l'iceberg. Tad Flynn.

horror vacui

note : Ai-je vraiment omis l'épisode où John Doe m'a fait le coup de mourir, ou suis-je simplement destiné (*samsara*) à continuer à confesser le récit de cette seule nuit ?

protée (sciamachy)

Saadi Youssef, extrait du poème « America, America » (dernière strophe), publié dans le recueil *Without an Alphabet, Without a Face : Selected Poems*, traduit en anglais par Khaled Mattawa (Graywolf Press, 2002).

Fanny Howe, extrait de l'essai « Bewilderment » (L'étonnement), paru dans le recueil *The Wedding Dress : Meditations on Word and Life* (University of California Press, 2003).

istanbul

note : L'avocate est Susan Burke, du cabinet Burke O'Neil LLC. Les compagnies impliquées dans l'affaire sont Titan et Caci, et Jeppesen/Boeing est également en cause (voir Trevor Paglen, *Torture Taxi* [Melville House, 2006], ou Stephen Grey, *Ghost Plane* [St Martin's, 2007]), ainsi que Blackwater, la multinationale mercenaire (voir Jeremy Scahill, *Blackwater* [Nation Books, 2007]). Daniel Heyman, Tara McKelvey, Chris Bartlett et Jennifer Schelter sont certains des artistes ayant participé à la collecte des témoignages en collaboration avec l'équipe de juristes de Burke.

istanbul (rêve, réalité)

note : Daniel Heyman a aussi produit des eaux-fortes, portraits et textes, sur des plaques de cuivre ; il lui fallait graver chaque mot à l'envers, chaque phrase de droite à gauche, reflet étrange et superbe de l'écriture arabe.

métamorphose

Cinq garçons dans le vent (*Backbeat*) (film), 1994.

istanbul (le car-du-bonheur)

note : Les PHR ont examiné « Amir », dont le récit apparaît dans *Broken Laws, Broken Lives. Medical Evidence of Torture by U.S. Personnel and Its Impact*, 2008.

deux chiens

note : L'idée que deux chiens vivent en nous est une parabole des Indiens d'Amérique du Nord ; on attribue souvent à George Bernard Shaw la primeur de sa présentation à un public d'Occidentaux.

quelques faits sur l'eau

note : J'ai écrit ailleurs que les derniers mots du billet laissé par ma mère le jour de son suicide étaient *Et le fusil?* C'est vrai, pourtant ces mots semblent avoir été dictés par une voix qui lui résonnait dans la tête sans être sienne.

le point délicat

Martin Moran, *The Tricky Part* (Beacon Press, 2005).

maîtresse yin

Stephen Elliott, *My Girlfriend Comes to the City and Beats Me Up* (Cleis Press, 2006).

la ville invisible

note : Il avait déjà l'eau... Thich Nhat Hanh, au sujet du Bouddha.

inconnu, connu

note : Là, une balle est le titre d'un recueil de poésie de Bryan Turner, vétéran de la guerre en Irak (opération « Liberté en Irak »). Janet Malcolm écrit dans *The Silent Woman : Sylvia Plath & Ted Hughes* (Knopf, 1994, p 58) :

> La vie, bien sûr, n'attire jamais complètement l'attention. La mort, elle, demeure intéressante, nous attire, nous intrigue. De même que le sommeil est nécessaire à notre physiologie, la dépression l'est à notre économie psychique. À sa façon secrète, Thanatos nourrit Éros en même temps qu'il s'oppose à lui. Les deux principes œuvrent selon une entente secrète : bien qu'Éros domine en la plupart d'entre nous, Thanatos n'est jamais totalement soumis. Toutefois, et c'est le paradoxe du suicide, mettre fin à ses jours est un comportement « érotique » plus actif et assertif que d'assister impuissant à la lente agression de la mortalité inévitable rognant ces jours. Le suicide implique à la fois la haine de la mort et notre désir

de mort : à un certain stade, le suicide nous paraît enviable en même temps qu'il suscite notre pitié.

baiseur de chèvre

Naomi Klein, *La stratégie du choc : la montée d'un capitalisme du désastre* (Actes Sud, 2008 [*The Shock Doctrine : The Rise of Disaster Capitalism*, Metropolis Books, 2007]).

note : La déclaration que j'ai faite à Harris, que son livre *est admirable à plus d'un chef*, n'est qu'hyperbole captieuse. Dans *The End of Faith*, Harris s'insurge contre le fondamentalisme religieux, ce qui semble évident, et contre les religieux modérés, ce qui semble intolérant.

note : Dès 2004, plusieurs ex-interrogateurs de l'armée américaine, dont Anthony Lagoranis, Eric Fair et Sam Provance, ayant tous fait l'Irak, se sont prononcés publiquement contre la torture. En 2007, un groupe de vétérans de la Seconde Guerre mondiale, qui avaient interrogé des nazis à Fort Hunt (N.Y.), se sont eux aussi dits scandalisés face à l'usage de la torture, la jugeant à la fois inefficace et immorale (*Washington Post*, « Les hommes muets de Fort Hunt rompent le silence sur la Deuxième Guerre mondiale », 6 octobre 2007). Ils ont été suivis par trente amiraux et généraux à la retraite qui, en une déclaration collective, publiée dans le *New York Times*, ont eux aussi appelé à la fin de la torture (12 décembre 2007). En 2008, « Deux cents dirigeants allant d'anciens secrétaires d'État et d'experts du contre-terrorisme à des dirigeants religieux et des experts juristes ont aujourd'hui lancé un appel pour l'abolition par ordre exécutif du gouvernement de la torture et de la cruauté dans le traitement des détenus » (*Nukes & Spooks*, 25 juin 2008).

note : Fred Marchant écrit dans son introduction à *Another World Instead : The Early Poems of William Stafford, 1937-1947* (Graywolf Press, 2008) :

> Dans « *L'Iliade* ou le poème de la force », essai écrit durant la première année de la Deuxième Guerre mondiale,

> [Simone] Weil célèbre les vertus de l'hésitation, de la pause et de l'écart. Lors de l'examen de plusieurs scènes sanglantes du poème, elle remarque que ceux qui conquièrent et tuent, qu'ils soient Grecs ou Troyens, se montrent inexorables. Nul ne peut leur imposer la moindre halte dans le cours de leurs actions. Selon elle, personne n'insiste sur « ce temps d'arrêt d'où seul procèdent nos égards envers nos semblables ».

Il importe aussi de remarquer que nombre des dramaturges grecs (Sophocle, Euripide, etc.) étaient des militaires à l'origine, qui écrivaient leurs pièces pour maîtriser le traumatisme causé par les événements auxquels ils assistaient, sur le champ de bataille et chez les guerriers de retour du combat (souffrant de ce qu'on appelle aujourd'hui les troubles de stress post-traumatiques).

le compte à rebours est la vraie bombe

note : L'histoire de l'homme criant *Allah* chaque fois que ses tortionnaires américains le frappe vient du film documentaire d'Alex Gibney *Taxi to the Dark Side.*

note : Dans une critique de la série télévisée *24 heures chrono*, Slovoj Zizek écrit (« Les héros dépravés de *24* sont les Himmler de Hollywood », *The Guardian*, 10 janvier 2006) :

> Un « problème éthique » de plus se posait à Himmler : comment s'assurer que les bourreaux, tout en s'acquittant de ces terribles tâches, gardaient leur dignité humaine. Sa réponse fut le message de Krishna à Arjuna dans le Bhagavad-Gita (dont Himmler gardait toujours en poche une édition reliée en cuir) : *agis avec une distance interne; ne t'implique pas totalement.*

la tour effondrée

note : Nombre des fresques de la basilique supérieure à Assise sont de Giotto, mais celle de la tour effondrée se trouve dans la partie inférieure, et en fait je ne suis pas sûr qu'elle soit de Giotto.

note : L'usage de la torture pour forcer les ventes se développa aussitôt après la publication des photos d'Abou Ghraib, pour tout et n'importe quoi, des jeans Diesel (images de flagellation) à Charles Schwab (*Investissez sans vous torturer*) en passant par Altoids (*Nous saurons vous faire parler l'haleine fraîche*).

paradis perdu

John Milton, *Paradis perdu.*

note : Herman Melville écrivit un commentaire de *Paradis perdu* : *Le Satan de Milton est moralement très supérieur à son Dieu, tout comme quiconque persévère malgré l'adversité et la torture est supérieur à quiconque, prenant avec sang-froid la plus horrible revanche sur ses ennemis.*

mexique (la guerre)

note : L'un des biographes de Duras affirme avec une quasi-certitude que sa prétention à avoir infligé la torture est pure vantardise, et qu'elle compense à l'excès le travail qu'elle a effectivement accompli au service des censeurs nazis durant la guerre (*New York Review of Books*, juin 2008).

note : De fait, la plupart des pays occidentaux ont interdit la torture avant même la convention de Genève. George Washington l'a formulé ainsi : « Si un soldat américain venait à se montrer assez vil et infâme pour blesser [un prisonnier] quel qu'il fût [...] je vous enjoins avec la plus grande insistance de lui faire infliger une punition exemplaire, sévère à proportion de l'énormité du crime commis. Et s'il faut le punir par la mort, ce ne sera pas excessif, étant donné sa culpabilité en ces temps et pour la défense de telle cause [...] car semblable conduite entache de honte, de déshonneur et de ruine le soldat comme son pays. »

cher lecteur (oubli)

Margaret Wise Brown, *Goodnight Moon* (Harper, 1947).

roulette

note : Freud en était venu à croire que le désir de mort (Thanatos) représente une pulsion inhérente en chaque être vivant, visant à lui faire retrouver un état de calme originaire, autrement dit, un état inorganique ou de mort. « Un état de calme originaire », cependant, pourrait aussi suggérer un état méditatif.

une solitude trop bruyante

note : Dans *Une solitude trop bruyante*, roman de Bohumil Hrabal (*Too Loud a Solitude*, Harcourt, 1990), le héros, entre autres choses, accumule les objets. Cela prend la forme de collecte de livres, récupérés au travail dans les décharges, si nombreux qu'au moment où l'on fait sa connaissance, des centaines de volumes font déjà ployer l'étagère branlante au-dessus de son lit, menaçant de s'écrouler un jour, l'écrasant dans son sommeil. La nuit, allongé dans son lit, il interrompt parfois sa lecture pour jeter un coup d'œil en l'air, appréhendant cet effondrement. Autant que je m'en souvienne, il finit écrasé sous les livres récupérés, mais je peux me tromper.

note : À la différence de mon père, qui deviendrait fou s'il ne pouvait plus boire, je deviens fou quand je bois.

lexington, kentucky

Alfred McCoy, *A Question of Torture* (Metropolitan Books, 2006).

l'archipel du goulag

Alexandre Soljenitsyne, *L'archipel du Goulag* (Seuil, juin 1974 ; 1973 pour l'édition originale).

note : The Button Man (L'homme au bouton), le livre de mon père, ne sera vraisemblablement jamais publié. Soljenitsyne, autant que je le sache, est mort sans avoir jamais entendu parler ni de mon père ni de ses écrits.

note : Dès 1963, la CIA avait créé son propre manuel de torture, intitulé KUBARK. En 2002, le programme d'entraînement des soldats à une éventuelle capture ou à la torture, connu sous le nom de SERE (Survie, Évasion, Résistance), fut décortiqué par deux psychologues de l'APA (Association américaine de Psychologie), James Mitchell et Bruce Jessen, et ensuite utilisé sur des prisonniers à Guantanamo, Abou Ghraib et sur les « sites noirs » de la CIA. Le programme SERE reposait sur des techniques de la Chine communiste pratiquées durant la guerre de Corée pour obtenir des aveux, dont beaucoup étaient intentionnellement faux, de la part des soldats américains (imaginez *The Manchurian Candidate*[1] croisé avec *Rapport sur la banalité du mal*[2]). Pensez aussi à Ibn al-Shaykh al-Libi (déjà mentionné), dont la fausse confession conduisit à justifier la guerre en Irak (voir aussi l'article de Mark Danner au sujet du rapport de la Croix-Rouge sur la torture, « The Red Cross Torture Report : What It Means », *New York Review of Books*, 30 avril 2009).

mes écuries d'augias

Daniel Johnston, *Like a Monkey in a Zoo*, chanson tirée de l'album *Songs of Pain*, 1981.
Soljenitsyne, *L'archipel du Goulag*.

deux hommes forts

question : Des hommes de main russes prendraient-ils un verre dans un bar du nom de CIA?

lisbonne

note : Le Portugal n'ayant pas d'armée à l'époque, je me demandai qui payait ces soldats. Deux ans plus tard, durant les auditions Iran-Contra, le Portugal fut identifié comme le « pays B », voie

1. Roman de Richard Condon.
2. Hannah Arendt : *Eichmann à Jérusalem. Rapport sur la banalité du mal*, 1963.

d'acheminement d'armes vers l'Iran ; le soldat que j'avais rencontré faisait fort vraisemblablement partie d'une unité paramilitaire financée par les États-Unis (en d'autres termes, par moi). Je ne suis sans doute jamais allé aussi près du sadomasochisme, payer quelqu'un pour me foutre un coup de poing. Ou peut-être n'est-ce qu'un exemple de plus de *sciamachy*, lutter contre sa propre ombre. J'ai rencontré le même genre de soldats réservistes partout à Costa Rica lors de la guerre des Contra et, de fait, ai manqué de peu recevoir un coup de poing pour avoir pris l'un d'eux en photo.

usage héroïque du béton

Nouveau Dictionnaire Webster de la langue anglaise du XXe siècle.

la croisière du navigator (au revoir)

note : Le personnage qu'incarne Buster Keaton n'est pas seul sur le bateau, bien sûr. L'objet de sa flamme a aussi été embarqué, mais cela prend un moment avant qu'ils se rencontrent.

piero della francesca

note : Dans le même ordre d'idée, en 2008, nous, Américains, avons de nouveau battu notre propre record du nombre de concitoyens derrière les barreaux : plus d'un adulte sur cent est en prison, un sur neuf en ce qui concerne les Noirs. C'est là un pourcentage plus élevé que dans tout autre pays au monde.

note : L'ACLU (Union américaine pour les libertés civiles) a obtenu des documents par le biais de la loi sur la liberté d'information, déclarant qu'on savait 90 pour cent des détenus d'Abou Ghraib innocents.

note : L'expression « fils de Dieu » avait de nombreux sens du temps de Jésus, l'un d'eux étant « fils né sans père », ce que les témoignages tendent à reconnaître comme étant le cas de Jésus. De même que *conception virginale* peut simplement désigner l'accouchement d'une femme non mariée, ce que les témoignages concourent à reconnaître comme étant le cas de la mère de Jésus (voir Geza Vermes, *Évangile authentique de Jésus* [*The Authentic Gospel of Jesus*, Penguin, 2005]).

la passion (mal nommée)

note : Dans cette lecture (erronée), plutôt qu'une exécution ordinaire commanditée par l'État, la crucifixion est présentée comme un choix fait par Jésus (ou Dieu), sacrifice sacré par amour de l'homme, faisant ainsi du sacrifice et de la mortification de la chair les équivalents de l'amour, ce qui m'a toujours paru être un cocktail éminemment dangereux.

le lion de babylone

« La torture dénoncée par d'ex-détenus irakiens », *New York Times*, 14 novembre 2005.

Zoltan Istvan, « En Irak, les lions d'Urday Hussein continuent d'être victimes de la guerre », *National Geographic Today*, 2 octobre 2003.

note : Le Colisée fut à l'origine un site sacré, peut-être doué d'un sens astronomique (comme Stonehenge), mais il finit par accueillir des spectacles incluant des sacrifices humains et des lancers de nains (on pourrait dire que l'Amérique, sous Bush, est entrée dans sa phase de lancers de nains).

note : Le *New York Times*, peu après les attaques du 11-Septembre, rapporte la création par le Pentagone d'un département de Désinformation, afin d'utiliser les médias comme outil de la *Guerre contre la terreur*, comme on en viendrait vite à la nommer (voir Jessica Lynch, Pat Tilman, *et al.*).

une histoire qui pourrait être vraie

note : La photographie d'Ali Shalal Qaissi est parue en première page du *New York Times* le 11 mars 2006.

Errol Morris, « Will the *Real* Hooded Man Please Stand Up » (Le *véritable* homme cagoulé pourrait-il se lever s'il vous plaît ? »), *New York Times*(.com), 15 août 2007.

note : Le Rapport de Tagouba fournit des documents relatifs à l'enquête menée par l'armée américaine au sujet des sévices d'Abou Ghraib.

note : D'après les registres d'Abou Ghraib, Sabrina Harman a passé au total onze jours à l'étage 1A. Morris ayant étudié la chronologie des photos, il serait intéressant de voir si chaque photo d'un détenu sur une caisse correspond à l'un des onze jours passés par Harman à l'étage 1A; quand bien même, il reste possible que M. Qaissi ait été placé sur une caisse une autre nuit, sans être photographié, ou que cette photo ait été détruite.

note : L'Irakien mort au-dessus duquel Sabrina Harman a été photographiée levant le pouce en signe de victoire s'appelait Manadel al-Jamadi. Une photo du fils d'al-Jamadi, âgé de dix ans, tenant la photo d'Harman et de son père mort a été publiée dans *Newsweek* en 2006. Harman désigne al-Jamadi simplement sous le nom de « L'Homme de glace », parce que son corps a été emballé dans la glace pour empêcher la décomposition. L'interrogateur de la CIA considéré comme responsable de la mort d'al-Jamadi, Mark Swanner, vit à présent dans des quartiers aisés en Virginie.

les fruits de mes actes

note : Thich Nhat Hanh propose cette méditation :

> Sachant que mes actes sont mes vraies possessions
> J'inspire
> Sachant que je ne puis échapper aux fruits de mes actes
> J'expire

Beth B, *Breathe In, Breathe Out* (Inspire, expire), film, 2000.

Walt Whitman, *Feuilles d'herbe.*

istanbul redux

Jane Mayer, *The Dark Side : The Inside Story of How the War on Terror Turned into a War on American Ideals* (Le côté obscur, ou comment la guerre contre la terreur s'est changée en guerre contre les idéaux américains) (Doubleday, 2008).

Mark Danner, *Torture and Truth : America, Abou Ghraib, and the War on Terror* (New York Review of Books, 2004).

note : Le décret promulgué par la Commission Militaire en 2006 suspend l'*habeas corpus* (spécifiquement pour les détenus de Guantanamo, une mesure radiée par la Cour Suprême en 2008), déclare que les informations soutirées par la torture (désignée par l'euphémisme « coercition ») ont valeur de preuve (à condition d'avoir été obtenues avant mai 2005) et reconnaît le pouvoir au Président d'autoriser la CIA, ou quiconque, à pratiquer la torture si cela est jugé nécessaire pour la sécurité nationale (plus précisément, la loi autorise le Président à « interpréter le sens et l'application des conventions de Genève »), ce qui en pratique signifie que le président peut permettre unilatéralement (et il ne s'en est pas privé) l'usage de techniques d'interrogation que beaucoup considèrent comme de la torture.

procédure standard

Philip Gourevitch, *Standard Operating Procedure* (Penguin, 2008), p. 136-149.

Médecins des droits de l'homme, *Broken Laws, Broken Lives.*

note : Graner, ancien gardien de prison, ayant été choisi pour l'étage 1A précisément (peut-être) parce qu'il aimait brutaliser les prisonniers ; on a peine à croire qu'il s'inquiète du bien-être d'un Irakien ou se soucie du manque de propreté d'une cellule pour accueillir le prisonnier suivant, mais je peux me tromper — nous contenons des multitudes.

note : Anodyne (analgésique), qui se traduit par « capable de soulager la douleur », est le terme (étrange) qu'utilise Gourevitch pour décrire le traitement infligé à un autre homme surnommé « Bouche à Merde » par les membres de la police militaire (Morris comme Gourevitch utilisent ce surnom tout au long du film comme du livre, même si on connaît les vrais noms des Irakiens, et qu'ils auraient aussi pu simplement leur donner des pseudonymes respectables).

note : L'ex-sergent de l'armée Sam Provance, en stationnement à Abou Ghraib au moment où les photos ont été prises, a été interviewé par Morris pour son film, mais ses paroles ont fini sur le sol de la salle de montage. Provance est « le seul agent des services secrets militaires en uniforme à avoir rompu la règle du silence à propos des sévices infamants imposés aux prisonniers. Il a parlé lors de l'enquête interne menée par l'armée, et au cours d'une audience devant le Congrès et d'interviews de presse. Provance a été puni et exclu de l'armée américaine, ouvrant au Pentagone la voie du rejet de la responsabilité des traitements sadiques infligés aux détenus irakiens sur le compte d'une poignée d'agents de la police militaire mal entraînés ». D'après Provance, le film de Morris « trouble encore davantage les eaux déjà glauques qui baignent la question de la responsabilité effective des sévices infligés aux prisonniers » (*Alternative News*, 1er mai 2008).

le mauvais océan

note : En fait, Lulu dort parfaitement bien. Dans notre ignorance de jeunes parents, nous ne savions pas que les bébés ont besoin de siestes régulières.

hue !

note : Un jour, j'ai décroché la silhouette du mur chez mon grand-père et vu le nom de quelqu'un d'autre écrit au crayon au verso : même cette ombre n'avait rien à voir avec moi. Voici une retranscription de l'une des visions qu'a eues mon grand-père sur son lit de mort :

Il n'y a ni début, ni fin. Il y a l'espace, cette grande, vaste chose, comme ça. Qu'y a-t-il de l'autre côté ? Je dois sans doute croire un peu au Saint-Esprit. Ferme cette porte : qu'y a-t-il de l'autre côté ? Puis encore de l'autre côté — ça n'en finit pas. J'y pense depuis quinze ans. J'en viens à une conclusion plutôt bonne, puis à un épisode qui détruit toute conclusion. Comment mettre une limite à l'espace ? Impossible. De temps à autre, je rêve à des gens, qui ne se courent pas après dans les bois armés de couteaux, non, de bonnes gens. Des faits vont être dévoilés à un moment ou un autre du processus, car l'espace ne peut pas se poursuivre toujours. Qu'y a-t-il de l'autre côté ? Impossible, pas moyen. Une dimension qui un jour sera révélée. Il n'y a pas d'autre côté, impossible, tu te retournes, regardes un mur aveugle. Là, il y a quelque chose de l'autre côté. Tu vois ces fleurs ? Je vais les laisser ici jusqu'à demain.

don't be cruel

Platon, *La République.*

Dan Froomkin, « We Tortured and We'd Do It Again » (Nous avons torturé et sommes prêts à recommencer), *Washington Post,* 6 février 2008.

Philippe Sands, *Torture Made in USA : Méthodes et techniques secrètes* (Music and Entertainment Books, septembre 2009 [*The Torture Team*, Palgrave MacMillan, 2008]).

note : Le cas de Hamdan pose la question fondamentale du droit du Président à instaurer un système de tribunaux unilatéralement, sans autorisation du Congrès, afin de poursuivre les détenus de la « guerre contre la terreur ». Les « commissions militaires » établies par Bush (nommées tribunaux kangourous par le reste du monde) ont été en partie créées pour permettre d'utiliser comme preuves des informations littéralement tirées à coups de trique des accusés et d'autres détenus. La Cour Suprême a supprimé ces commissions, déclarées non conformes à la Constitution, mais quelques mois plus tard le Congrès les a réinstaurées, à peine modifiées, par le biais du Military Commission Act.

note : Le Vatican, en mai 2008, a révisé la liste des sept péchés capitaux. Pour une raison qui m'échappe, la cruauté ne figure toujours pas parmi eux.

solaris (la maison des pères inconnus)

Slavoj Zizek, *The Pervert's Guide to Cinema* (film).

Larry C. James, *Fixing Hell : An Army Psychologist Confronts Abou Ghraib* (Réparer l'enfer : un psychologue de l'armée face à Abou Ghraib) (Grand Central Publishing, 2008).

note : Beaucoup considèrent James comme un défenseur de la torture, parce qu'il recommande aux psychologues de l'Association des Psychologues de l'Armée d'assister aux interrogatoires.

voici le soleil

note : Tandis que j'écris ces lignes, un avion s'écrase dans l'Hudson et, par miracle, l'ensemble des 155 passagers et l'équipage au complet en réchappent.

étang

note : Les vers entre parenthèses dans les deux premières phrases sont tirés du poème de George Oppen intitulé « Sara in Her Father's Arms » (Sara dans les bras de son père).

l'oiseau-roi

Dante, *L'Enfer* (ma propre traduction).

note : Les témoignages de personnes ayant observé le pic à bec d'ivoire demeurent sans fondement attesté.

[dettes]

Les grains, un à un ce livre est la synthèse de nombreuses conversations, avec des amis autant qu'avec des inconnus, poètes, avocats, charpentiers, historiens, interrogateurs militaires et ex-détenus irakiens, membres des associations des droits de l'homme et journalistes d'investigation : tous m'ont offert mon pain quotidien, par leurs paroles et leurs gestes, quand nul chemin bien tracé ne s'ouvrait à moi parmi ces ombres. Parmi ceux, très nombreux, qui doivent être mentionnés, citons : Bill Clegg, Jill Bialosky, Susan Burke, Daniel Heyman et Ben Wizner. Sans vos intuitions, votre indignation, votre éclat, votre étonnement et votre bonne volonté, ce livre n'existerait pas. En outre, des ébauches de ce livre ont plus tôt, dans la lutte, pris forme humaine grâce à : Tyler Cabot (*Esquire*), Joanna Yas et Thomas Beller (Open City), Ben George (*The Book of Dads*), Niko Hansen, Tim Jung et Thomas Gunkel (Arche / Atrium), Lee Brackstone (Faber), et Adrienne Davich (ainsi que toute la brillante équipe de Norton). Sans vous, l'œuvre eût été impossible. Enfin, regardez Lili, qui *un jour, soudain* fit apercevoir un chemin pour sortir du bois *un tas, un petit tas, l'impossible tas* avant que je n'en sois capable.

[motifs à fanfaronnade]

Le récit de Nick Flynn intitulé *Another Bullshit Night in Suck City* (Norton, 2004) a remporté le PEN / Martha Albrand Award, a fait partie des finalistes du prix français Femina (*Encore une nuit de merde dans cette ville pourrie*, Gallimard, 2006) et a été traduit en treize langues. Flynn est aussi l'auteur d'une pièce de théâtre, *Alice Invents a Little Game and Alice Always Wins* (Faber, 2008), ainsi que de deux recueils de poèmes, *Some Ether* (Graywolf, 2000) et *Blind Huber* (Graywolf, 2002), qui lui ont valu des bourses, notamment de la Fondation Guggenheim et de la Bibliothèque du Congrès. Au fil des ans, ses poèmes, essais et récits ont été publiés, entre autres, dans *The New Yorker*, *The Paris Review*, la *New York Times Book Review* et certains diffusés dans *This American Life*, émission de la National Public Radio. Dans le domaine du cinéma, il a joué le rôle de « poète de terrain » et collaborateur artistique pour le documentaire *Le cauchemar de Darwin*, sélectionné pour un prix universitaire du meilleur long documentaire en 2006. Un semestre par an, il enseigne à l'université de Houston, et passe le reste de l'année à Brooklyn.

(www.nickflynn.org)

[références]

p. 11 : Samuel Beckett, extrait de *Fin de partie*, suivi de *Acte sans parole II*, Éditions de Minuit (1957).

p. 55 : William Stafford, extrait de « A Story that Could Be True », publié au sein de l'ouvrage *The Way It Is : New and Selected Poems*, Graywolf Press (1977, 1993, 1998).

p. 67 : *Since You're Gone*, paroles et musique de Ric Ocasek, Lido Music Inc.

p. 93 : Saadi Youssef, extrait de « America, America », publié au sein de l'ouvrage *Without an Alphabet, Without a Face : Selected Poems of Saadi Youssef*, Graywolf Press (2002).

p. 293 : George Oppen, extrait de « Sara dans les bras de son père », publié au sein de l'ouvrage *Poésie complète*, José Corti (2011).

Composition CMB Graphic.
Achevé d'imprimer
par CPI Firmin-Didot
à Mesnil-sur-l'Estrée, en juin 2012.
Dépôt légal : juin 2012.
Numéro d'imprimeur : 113007

ISBN 978-2-07-013102-0 / Imprimé en France.

177683